# 我想要不卑不亢地面对这世界

水木丁 著

SPM 南方出版传媒 花城出版社
中国·广州

新经典文化股份有限公司
www.readinglife.com
出　品

# 目录

Contents

# 序言

我们都是人生的囚徒，而这是一本越狱指南。

2017 年，因为机缘巧合，我一时起念，去考了心理咨询师的证书。考完证书，又实习了半年。后来有一天，突然读到荣格的《未发现的自我》这本书，非常兴奋，在微博上跟大家说，这本书太好了，不如我给大家讲讲吧。大家都很鼓励我，于是就很随意地开了个直播讲荣格。

《未发现的自我》其实只是荣格的一篇论文。令我没想到的是，开始准备讲课内容时我才发现没有想象的那么容易。因为我写作多年，去学过心理学，并且之前经历过很多事，所以我看这本书的时候，没有觉得有什么困难。但是要把这些都讲给知识结构和我不一样的读者朋友们，就必须补上很多基本的常识。

于是，别人把几百页的书花十五分钟、半个小时讲完，而我是把一篇不长的文章讲成了五六个小时。但是当有读者跟我说，我所讲的这些内容对他们有醍醐灌顶的启发，对他们的人生有重大影响的时候，我为此感到高兴。

于是，后来又有了把它整理成册的想法，毕竟文字的方式更利于传播。也正因为如此，本书保留了大部分口语化的表达，就是希望用深入浅出的方式，把荣格讲透，讲清楚。

为什么你自学了那么多心理学的知识，还是无法接受自己？为什么你懂得那么多人生的道理，还是过不好自己的一生？为什么无论你怎么努力接纳自己，却还是感到痛苦？

这本书，不能一蹴而就地帮你解决人生中所有的问题，但会给你打开一个新世界的大门。荣格把个体放置于社会中、宇宙万物中去认知。他告诉我们，不认识世界，就永远不会认识你自己。

这不是一本心理学知识普及本，不是讲些泛泛的道理、给出一个个标签，但是我可以保证，如果你能够读懂这本书，就可以读懂大部分的心理学书籍，也可以换个全新的角度认识你自己。

我们都是人生的囚徒，而这是一本越狱指南。伟大属于荣格，我只是负责把大师的火炬传递到更多人的手中。

感谢新经典文化愿意出版此书。假如这本书可以帮助到更多的人，那真是一件幸事。

2019 年 12 月于北京

第一部分

# 荣格的格局

## 1 开篇

本书讲的其实不是荣格的大部头作品，而是他的一篇论文，叫《未发现的自我》(*The Undiscovered Self*)。这篇论文的中文翻译版只有七十多页，七八万字，篇幅不长，但是这七十多页的内容非常不好懂。不过，只要读懂了，就能受益终身。我首先要讲的，是这篇论文的目录部分，大家可以看一下：

第一章　现代社会中的个人困境
第二章　可与群众观念相抗衡的宗教
第三章　西方人在宗教问题上的观点
第四章　个人对自我的理解
第五章　对生活的哲学和心理学的解析

第六章　关于自我的知识

第七章　自我认知的意义

荣格这篇文章的结构，前三章看上去几乎和自我是没有什么直接关系的，第一章，他在讲现代社会中个人的困境，第二章讲的是可与群众观念相抗衡的宗教，第三章讲的是西方人在宗教问题上的观点。到了第四章，才开始出现个人对自我的理解，第五章是对生活的哲学和心理学的解析，第六章是自我的知识，第七章是自我知识的意义。

这篇目录只有一页纸，却非常重要，等我们讲完了，你会明白为什么我们需要用这么多的时间来讲这个目录，也会明白为什么我说这短短一篇文章可以受益终身了。

不知道朋友们在看到这个目录的时候，有没有觉得它有些令人意外。对于“寻找自我”这个主题，大家应该并不陌生，我们平时看书，读公号文章，经常会讨论这个话题，这些书籍和文章大多数会直接进入主题，从自我认知开始，然后紧紧围绕着你现在是个什么样的人，你的原生家庭对你有什么影响，你的亲密关系有什么问题，你的亲子关系该如何处理，你在职场又是如何表现的，诸如此类，密切围绕着你自身铺陈展开来讨论。

有朋友读完这个目录要问了，我是来认识我自己的，为什么你要跟我讨论这么大的问题呢？你不是应该跟我讨论我的喜怒哀乐，我的原生家庭对我有什么影响，我和我伴侣以及孩子的关系吗？为什么要跟我讨论社会、群众、宗教，甚至是西方的宗教这么大的问题，这些跟认识自我有什么关系？为什么我要了解这些东西才能够了解自我呢？

这就是大师的思维方式，和我们许多普通人不一样，他的视角特别宏大，但最后他又会把这些宏大的东西，置回到现实生活中来。关于这一点，我们后面可以慢慢体会他是怎么做到的。总之荣格的这篇文章，在前三章基本就是这样一个很大的设定。

那么我先给大家解释一下这篇文章为什么会是这样的一个结构。在正式开始之前，我必须先讲清楚两个概念，才好一层一层往下推。

## 2 认知和逻辑思维不是一回事

很多人可能不知道，人的“认知”和“逻辑思维”其实并不是一个概念。什么是逻辑思维呢？通俗点儿解释，即我们借助概念、判断、推理这些思维活动，去理性地认识事物以及事物之间的关系。逻辑思维又叫作抽象思维。我们经常根据一件事或者几件事，运用归纳、总结、概括等方式，去推导出另一件事或者几件事的过程和结果。这就是比较简单的逻辑思维。

“认知”是什么呢？当你看到一个桌子或者一把椅子，你知道这是桌子，那是椅子；你的手被火烫了一下，你觉得疼，知道了火会伤害你，你对火有了认知。这个“认知”，不是一种“逻辑思维”，它不是一个归纳总结、演绎推导的过程。它的结果不是通过归纳总结、演绎推理这些逻辑思维活动得来的，人的认知和逻辑思维不是一回事。逻辑思维推导出来的结果都是道理，要经受得住实践的检验，才能成为真理。但是火会烧伤人是一种客观事实，是不需要逻辑思维去证明的。在这篇文章里，荣格所讲的“认知自我”，主要是聚焦在人应该如何认知自我这个问题上。他没有在文中教你怎么去进一步地纠正、改变你的行为，或指出你的逻辑思维有哪些问题，这些都不在荣格这篇文章的讨论范围之内，他只讲了人要如何认识真实的自我这么一个问题。

## 3 疯癫是一种理性

认知和逻辑思维不是一个概念，难道还需要这样大费周章地讲吗？我给大家举个例子吧。这是福柯在《疯癫与文明》里举过的一个真实的例子，说精神病院里的一个病人，别人一碰他，他就会崩溃，认为自己会死掉。因为他认为自己是一块玻璃，玻璃是易碎的，他是一块玻璃，所以他也是易碎的，别人一碰他，他就碎了。这里的碎了指生命的毁灭，所以别人不能碰他。福柯说，人们以为精神病人的世界一定是没有逻辑的，其实恰恰相反，很多病人很有逻辑，比如这个认为自己是一块玻璃的人，他是有逻辑的：玻璃是不是易碎的？是的。玻璃易碎，我是玻璃，所以我也是易碎的，你们不能碰我。他的逻辑是成立的，他的问题不是出在逻辑上，而是出在认知上。他为什么是块玻璃呢？他如果是一块玻璃，他所坚信的一切都可以成立，但是他是个人，不是玻璃。他所有的逻辑思维的结果，都建立在他一口咬定自己是块玻璃这个认知上。

这些认知上出现的问题和逻辑思维过程出现的问题不是一回事，逻辑思维出了问题固然麻烦，但是认知上出了问题更是非常难解决。而且经常会被人误以为是在逻辑推理的过程中出了问题。一个人的认知如果已经出现幻觉、妄想这种程度的问题，比如认为自己是一块玻璃，是比较容易被外界辨认出来的。但是还有一些没有严重到这种程度的认知问题，常常是很难辨认的。我们在生活中有时候会遇到这样的一种人，他看上去一切正常，表达能力很强，很有条理，与人交流时，头脑也是清楚的，特别有逻辑和思辨的能力，甚至其中有的人很聪明。但是你会觉得他精神不太正常，或者事后才发觉，他做出的事很荒谬。那是因为他的逻辑和思维过程是基于一个错误的认知前提，他看到的东西都是扭曲的、不真实的，因此他的逻辑思维的过程再正确，他经过缜密逻辑推理出来的结果也不可能是对的。

很多人都有这个误区，不知道认知和逻辑思维不是一个概念。许多人逻辑思维没有问题，甚至可以说是非常缜密，表达能力也很好，可能比别人更雄辩，更有说服力，但是一旦他最开始的认知层面出现了错误，后面就全部都是错误的。

举个例子，大家都知道连环杀手是精神不正常的，但是很多连环杀手的逻辑思维能力、行动能力和学习能力是没问题的，甚至可以说比大多数人更有能力。否则，他们是没有办法反复策划和实施犯罪的。另外，很多犯罪行为是可以习得，也可以练习升级的，没有组织管理能力、严格的自控能力，无法达到目的。既然如此，这些逻辑思维清楚的人为什么会犯下那么变态的罪行呢？因为他的根本认知出了问题。比如，一个连环杀手觉得自己是正义的化身，要除暴安良、帮助弱小，就把自己认为有罪的人都杀了，但这个有罪是谁说了算呢？他自己说了算，他认为谁有罪，谁就是该死的。他认为妓女都是脏的，是腐蚀了社会的人，他就专杀妓女；他认为孩子生到这个世界上来是受苦的，他就杀小孩，是为了“拯救”孩子们于苦难。许多连环杀手非常有行动力，有策划布局的能力，甚至还有反侦察能力，但是他所有的这些策划、布局、行动，都是建立在他对世界的错误的认知基础上的。许多连环杀手其实疯得很厉害，他的邻居和同事会说他看上去普普通通，特别是某些沉默寡言的连环杀手，平时为人低调，身边没有人发现他是不正常的，甚至还会觉得他是个话不多的老好人。因为大多数人认为一个人的逻辑思维没有问题，心理就没有问题，根本不会怀疑他。

## 4 对客观现实的认知

现在我们知道了，认知和逻辑思维是有区别的，接下来，我们讲讲对客观现实的认知。对客观现实的认知其实非常好理解，最基础的认知就是通过我们的感官，通过对物体的看、听、闻这些方式去认识世界。比方说，你小时候看到一个东西，方方的，四条腿，你妈妈告诉你，这个叫桌子，你摸到它，还会知道世界上有木的、铁的、塑料的各种不同的材质，不管它是什么材质，这个形状和用途的物体，都被我们命名为桌子。如果你去了英语国家，别人说“table”，你不知道是什么，但是你看到一个桌子后，你会知道，啊，这个“table”不就是桌子嘛。以此类推，你认识了杯子、汽车、太阳，无论其他地方的人是怎样命名它的，你只要通过眼睛看、鼻子闻、手摸等感官的感受，就知道这是某个物体。

这就是我们所说的对客观物理世界最直接、最基础的那一部分认知。但其实，即使是这样直接的认知，我们也还需要一个非常重要的东西，那就是参照物和坐标系。比如说，我是一个小个子，我怎么知道自己是小个子呢？当然是因为这个世界上有大个子存在，才定义出了什么叫小个子。一米六和一米八的身高差距只是数字的区别。当我们真正看到一个一米八的人站在一米六的人身边的时候，我们就有了对大个子和小个子非常直观的认知。

这就是参照物，还要有一个坐标系。这个坐标系其实就是我们所说的认知的特定范围和环境。还拿身体的高矮来说吧。我们在讨论这个问题的时候，一定会考虑这个人的年龄，如果是一个八岁的男孩子，那么一米六可能不算是小个子了，但是到了二十岁，一米六的男孩子就是公认的小个子了。再比方说，在我国北方，女性的平均身高在一米六五以上，那么一米六的女性算是个小个子，可是到了南方，可能这就是中等身高。中国人到美国去大多数都不会被当作胖子，因为美国人平均的体形会更胖，很多西方人对中国人整体的印象就是瘦小，我们眼中的胖子，可能出了国就是正常体形。

我们认知事物的时候，除要有看、听、闻这些能力外，还必须有参照物、坐标系，这样才能构成对客观世界的基本的认知，同时必须对这些认知有统一的命名，如此才有人和人之间相互交换信息的可能。如果没有这些，会出现什么样的问题呢？大家可以试验一下，非常简单，请找出纸笔，写一个字在纸上，现在纸上的这个字，是一个不会以你的意志为转移的客观的现实存在。然后请一直盯着这个字看三分钟、五分钟，不看别的地方，你会发现这个字慢慢地变形了，变得陌生，你会发现你开始不认识这个字了。同样地，找一面镜子，然后一直盯着镜子里的自己看，不要把视线移开去看别的地方，也不要闭眼睛。时间久了，你会感到一种失真的效果。当我们想对现实有所认知的时候，一定要有参照物、坐标系，否则你的认识很可能会失真。

综上所述，客观现实虽然是一种客观的存在，但是由于个人在认知的时候，拿来做比较的对象不同，坐标系不同，因此常常会得出不同的结论。不过，客观现实毕竟是可以求证的，桌子就是桌子，不管它叫什么，你一看到它，就知道它是那么个东西。一米六就是一米六，即使觉得一米六不是小个子，戳到一个一米八的人身旁，大多数神志正常的人还是会对自己的认知进行纠偏的。

## 5 什么是心理现实

对于心理现实的认知，相对来说可没有这么简单和明确了。首先，我们有必要在这里解释一下“心理现实”这个词。心理现实，其实是指人的心理世界和物质世界一样，也是一种客观存在，它有其自身稳定的客观规律和因果关系，这些并不是由人的意志决定的。比方说，在一般情况下，一个人失去了挚爱亲人，他感到悲伤，这是客观的因果关系。虽然身边人会劝他节哀，可以进行心理疏导和干预，但是他并不能改变内心有悲伤情绪这一心理现实。

美国心理学家詹姆斯总结出了“意识流”这个词，指人的意识像河水一样具有流动性，它从来不是静止不动的，而是不断变化的。文学界据此有了意识流文学，试图捕捉和刻画人类的意识，把不断变化的意识当成一种客观存在来描写。詹姆斯·乔伊斯的《尤利西斯》就是这样的作品，当他描写一位诗人的内心活动时，许多文学典故、暗喻、引用、借代等表达方式，会自然而然地在这位诗人的头脑中闪现。诗人的所思所想里有他读过的书、学过的知识，而一个没有受过太多高等教育的推销员是不可能有类似的用词和联想的。乔伊斯让书中每个人物都用不同的语言和思维方式去思考。这些内容和风格都不同的语言和思维方式，是由每个人的出身、教育、职业、生活经历等造成的。这也是这部作品的众多伟大之处之一。大家其实也可以观察一下自己的意识是如何活动的。当你从一件事物联想到另一件事物的时候，这并非你的意志力所能控制。同样听到“红色”这个词，一个农民、一个美妆博主、一个外科医生立刻产生的联想各不相同，这也不是由他们的意志决定的。

## 6 潜意识的影响无处不在

许多人可能都听说过弗洛伊德提出的意识、前意识和潜意识的概念，因为我们会用到这些概念。为方便大家理解下面的内容，我先用更通俗的语言来把这三个名词解释一下。意识其实就是每个人都知道自己现在正在做的事情、别人在做的事。潜意识是我们内心深处很原始的一部分，也就是我们常说的“不知不觉”“第六感”“直觉”“下意识”的心理活动过程，比如有些在你脑子里一闪而过的念头和想法，其实是你潜意识里的心理活动突然呈现到意识领域里来了。一般来讲，一个人的潜意识会比他的意识敏锐很多倍，许多瞬间发生的事，意识忽略了，但潜意识却捕捉到了。比如说，一位女性白天工作时认识了一个德高望重的师长，对这位长辈印象非常好，十分尊敬他，那个长辈也很欣赏她，但到了晚上睡觉的时候，她做了一个梦，梦里这个长辈是一个流氓，人品很差。她早上醒来的时候还记得这个梦，觉得挺不好意思的，自己怎么能以小人之心度君子之腹呢。过了一段日子，她听到消息，这个长辈真的被女下属投诉性骚扰。可能好多人听到这里，会觉得很神奇，把它理解为梦的预言功能。其实它根本没有那么神秘，这可能是你的潜意识已经觉察到了一切。现在大家都知道，人是有微表情的，微表情在一个人脸上一闪而过的时候，只有很短的一瞬间，比方说人在撒谎的时候，瞳孔会放大，等等。这位女士在跟师长聊天的过程中，他的某些微表情让她警觉到他在撒谎，这不是她的意识察觉到的，而是她的潜意识感觉到的。一方面，人的意识没有潜意识敏锐；另一方面，可能一个非常敏感的人，在当时捕捉到这个微表情了，但是因为她的意识层面上有一些道德的顾虑，比如说对方是一位长辈，自己从小受到的家教要求她与人为善，要尊敬师长，因此她的意识不允许自己去怀疑这样的一位长者，于是她把这个怀疑否定和压制下去了。这个觉察和压制的心理活动就在潜意识里进行，这位女士根本不知道自己内心深处发生过这样一件事。但是到了晚上睡觉的时候，有道德观的意识松懈下来，负责在潜意识和意识之间把门的前意识也睡着了，潜意识就绕到她的梦里来，想要告诉她这位长辈其实不是个好人。

早上醒来的时候，你觉得这一定是神仙托梦告诉我的吧，还有人去查《周公解梦》。其实哪有什么神仙，都是你自己觉察到的，或者说“日有所思，夜有所梦”，只不过你梦到的不是你白天思考来的，而是你凭着直觉，不用任何思考就知道的。这便是心理现实，并不是你说得出来的那些想法。你觉察到了的心理活动叫作心理现实，有时你毫无察觉的心理活动也是心理现实，而且你没有察觉的那部分心理活动，其实远远比你清晰可察觉的那部分更活跃、更敏锐、内容更多。

因为这个地方比较不好理解，我们再讲个例子。我有一个朋友，她跟我说她最近有点儿郁闷，她有一个下属，是个长得挺好看的小姑娘，在单位人缘不错。但是不知道为什么，我的这个朋友非常不喜欢她，甚至有些讨厌她，也找不到什么具体的原因。于是她自我检讨，反省自己是不是在嫉妒这个小姑娘。她觉得自己不应该嫉妒一个晚辈，这样很小气，违反她做人的原则，但是她又控制不住，一见到对方，一听到对方说话就很反感。我在听她描述两个人相处过程中的一些交集的时候，突然产生了一种感觉，我说，为什么我感觉这个姑娘在攻击你呢？朋友愣了一下，我说，会不会是因为她首先攻击了你，你才讨厌她呢。于是我的这个朋友开始回想起很多事情，她说，是啊，好像确实是这样的。我又问她，当我听你描述你们的对话时，我已经能很明显地感受到她对你的不满和攻击了。为什么你反倒完全没有察觉到呢？她想了一下说，可能是因为我对她挺好的，突然意识到她并不喜欢我，会让我有一些伤心吧。

这位朋友在日常生活中是一个万事和为贵，会尽量地去避免关系中的攻击、冲突的人。她宁愿去反省自己可能是在嫉妒对方，也不愿意承认自己是两个人中先不受欢迎的那一个。她并不是有意识要去自欺欺人，她的选择性失明，是因为她在逃避那种被攻击后不得不做出反应的局面，但她的潜意识却敏锐地察觉到了对方的这种攻击性，并感到不满。她在和我讲述的时候，不经意地表述出了连她自己都没有觉察到的一面，或者可以说是被压抑的不满情绪。我的朋友了解到事情的真相后，就知道要如何自处了。生活中很多事就是这样，当你真的认知到了究竟是哪里出了问题后，解决问题的办法通常都是非常简单的。

## 7 认识自我不能过度自恋

一个人对物质世界的认知是否客观正确，很多情况下是可以去求证的。日常生活中，一个物体是桌子还是椅子，这很好求证。在科学的领域，也可以通过做实验的方法去求证。可是如果要求证我们对心理现实层面的认知是否客观，就非常困难了。心理现实也需要有一个客观的参照物、坐标系作为参考和比对。这样一来，客观的环境就显得非常重要。人在没有这个参照物、坐标系的情况下，心理认知很容易失真。据我个人观察，我身边一些有点儿认知问题的朋友，他们大概率地有一个共同的特点——过度自恋，他们把所有的注意力都放在自己身上了，关注自己到了已经失真的地步。像我们前面说的，盯着一个字不停地看，他盯着自己不停地研究，不停地看，结果就失真了，特别容易钻牛角尖，反复纠结，自怨自艾，比较严重的甚至出现幻觉、妄想的现象。

我说这些，并不是一种贬义。有的人是被困在了他的自我里，没有能力去看外面、看到他人，即使他和你面对面坐着聊天，你都能感觉到他是从你们的谈话现场游离出去的，他完全不关心你们交谈的话题，陷在对自己的关注中不能自拔。这和我们说的搞创作或者工作时那种沉浸在自己的世界里还不是一个意思。恰恰相反，后者的那种沉浸常常是让人忘我的。

我曾经遇到一些读者对我说，觉得自己心理有问题，为了解决自己的心理问题，干脆辞了职，买了一堆心理学的书在家里对照着自身的问题研读，但是读完以后觉得更不好了。我说那怎么行啊，你把自己关在家里天天盯着自己研究，没有问题的人都会研究出问题的。你当然是要走到外面去，在跟人交流沟通和思想碰撞的过程中才能够更清醒地认知自己。这个道理古人已经明白，希腊神话里的美少年纳喀索斯在水中看到了自己的影子，爱慕到难以自拔，再也离不开半步，根本没有办法把眼睛从自己身上移开。最后扑到水里去接近那影子，溺水而死。

我们读心理学的书，探索自己的内心深处，寻找让自己困惑的问题的答案，这都做得没错。但我们也需要关心一下这个世界，看看你身处的社会发生过什么，就像看书看久了，你需要抬起头看看窗外的景色。适度关注外部世界，可以帮你把目光从自己身上挪开，然后等你再回来看自己的时候，才能更客观和真实地去认识自我。

既然人的心理现实是一种客观存在，那么一个人的自我也是复杂多变、层次丰富的，人对自我的认知不是一成不变的，也是可能出错的。有时候开始是对的，后来出了错，有时候这件事上认识是对的，那件事上认识出了错。我们需要有坐标系和参照物，让我们可以比对校正，检查自己的认知，在可以纠错纠偏的基础上，我们才有可能得到一个至少是相对正确的认知结果。否则的话，一个在错误的自我认知基础上得出的结论，即便是通过缜密甚至是完美的逻辑思维过程推导出来的自我形象，那也注定将是一个错误的结果，你认识的也必定是一个不真实的自我。其实，这个道理不用特别去教，很多人都会在日常生活中不自觉地使用，或者说是利用。比如，一些公号文中那些泛泛而谈的心理学鸡汤，用简单化的某个心理学名词，讲一讲某个案例来说服和教育读者，然后给读者分析一通周围的人际关系，让读者快速收获一种自我认知的快感，其实这是起不到什么作用的，也不能让人真正地认知自我。

荣格的这篇文章则完全不同。他是心理学的大师，为了让读这篇文章的读者能够真正认识自我，他是从根本上在帮助你建立一个自我认知的系统，他直接把你的自我放到社会、群众、宗教，甚至整个宇宙中去，让你看清你自己。

## 8 把自我放在社会和宇宙中去认知

现在我们再回过头来看这个目录，就比较清晰了。在这三章里，荣格是给大家建立了一个认识自我的系统坐标，因此才会先讲现代社会中个人的困境、可与群众观念相抗衡的宗教和西方宗教这些问题。他其实是为大家画了一个宇宙的宏图，让我们在这个框架下，讨论如何认识自我，你不要只讨论你和自己身边小圈子里发生的那点儿事，不要只看到你和身边人之间的关系，如果你只看到这些，那就太狭隘了，这和你在镜子中只看到自己是没有太大区别的，你对自己的认知是容易失真的。

为了便于随后的理解和讲解，我用下面的这张图来体现荣格的坐标系。

首先，A 这个点代表我们每个人自己，也是荣格在这篇文

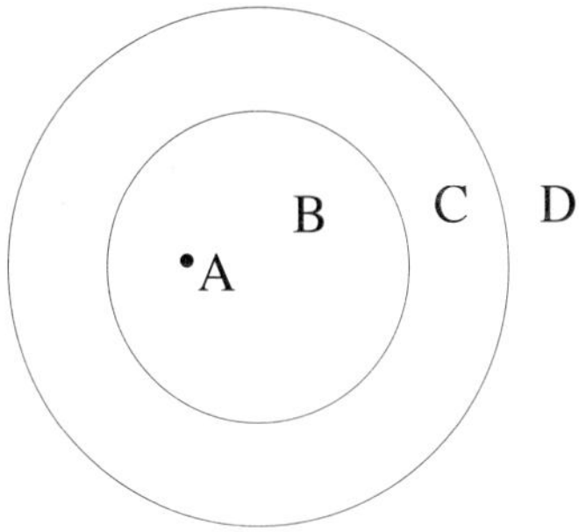


章里要带领大家认识的未知的自我。B 这圈范围，是我们每个人身处的小环境，包括我们的家人、朋友、同事等社会关系。C 这一圈的范围，是整个大的社会环境。到了 D，就是包涵了人类社会和地球上的万物的那个世界。

我们每个人都是这样，对自我的认识，是从自身出发的，好像一个宇宙的中心，我们每个人处在自己的小世界里，我们的这个小世界，被包裹在更大的人类社会里，而这个巨大的人类社会并不是我们认知的终点，也不是整个世界，它也只是宇宙万物的一部分。我们要认知的自我，其实是这无边宇宙里的 A 这个小黑点。

## 9 宇宙万物有其自身的发展规律

我们先来看 D 这个层面。大家都知道，宇宙万物是有它自身的客观发展规律的，这是不以人类的意志为转移的，从科学、哲学、神学各方面，对这点都是有共识的，哪怕一个没念过什么书的卖菜的大娘、种地的大叔，说到命运、冥冥之中这些东西的时候，所指的也是 D 这个层面的规律。B 和 C 放在一起是我们的人类社会，许多个体的人汇聚在一起，组成了人类的社会，也就是荣格所说的“群众”，许多人共同的观念，即为“群众观念”。个体的人生活在人类社会里面，我们的人类社会在宇宙万物里。D 的这个万物的发展规律，从物质层面来说，就是科学想探索的领域；从非物质的层面来说，实际上是宗教信仰层次想要讨论的问题。这个世界上任何的宗教信仰，不管你觉得它对不对，相信不相信，它探索的目的和方向，都是试图解决 D 层面上的问题。

## 10 生活在不同的社会，个人的心理问题也根本不同

在这里，我想顺便聊一下心理学，为什么有些朋友读了很多心理学的书，却对自己帮助不大，这是有很多原因的，但其中有一个原因，和本书讲的内容有点儿关系。大家是否知道，心理学最初可以说是针对白人精英的研究，心理学最开始建立和发展的很长一段时间，从事心理学研究的人，都是弗洛伊德、荣格这样的西方白人精英学者。甚至主要是男性，连女性学者都比较少。率先接受心理治疗的最初一批病人也多是白人精英，配合学者研究时的跟踪对象也多是白人，因为种族文化

的差异，以及经济能力、对心理学的接受程度等原因，心理学的发展，并非从一开始就像今天这样具有普遍性。但是到了现代，心理学发展得很快，在日本会有日本本土的心理学者，比如河合隼雄，他是日本箱庭疗法的大师，他的研究有很强的东方色彩，他的著作非常适合日本人的文化和心理。在当下的中国，也有很多中国心理学工作者根据中国的国情、文化和心理特点去发展它，比如大家都比较熟悉的武志红老师，他的一系列作品，都是针对中国社会文化背景的研究。

当然了，真正的大师，他们的境界非常高，格局非常大，因此可以超越地域、文化、种族的障碍和差异。但是有时候一些心理学的论述，你读起来总觉得好像有那么一点儿隔阂，这不是作者的问题，也不是你有问题。只是因为每一个社会的现象和环境是不一样的。

比如武志红老师的《为何家会伤人》，这本书非常受欢迎，和我们中国人共同的成长困境有关。因为我们中国人到今天还有非常深重的家族观念，中国式家族关系对个人的影响，至今还深深地让大多数生活在这个社会中的个体感到困惑，还不知道怎么解决这个问题。但是在美国，一方面，养老基本靠社会体制；另一方面，社会也会参与到个体家庭抚养孩子的过程中去，对家长的监督很严格，当家长遇到问题时，社会给予的帮助也很多。美国家长在子女成年以后便和子女经济分开，各自生活了，家庭是以婚姻为单位的，父母和子女的家庭是完全独立的两个个体家庭。子女即使家财万贯，也没有义务必须赡养父母。老人如果没有工作，吃不起饭的话，可以自己向政府申请救济金。父母对成年子女的帮助没有任何舆论和道德约束。孩子帮助和赡养父母也多是从感情出发，而不是法律规定的义务。因为这些客观存在的根本不同，文化存在巨大反差，对于中国人来说会出现的心理问题，对于美国人来说可能并非普遍性的问题。

村上春树与河合隼雄对谈时曾经说过，他原来在日本的时候，特别想成为一个没有羁绊的“个人”，逃离社会、组织、团队、规则这些东西。后来他在欧洲待了三年，又在美国待了三年后，再也不想追求这个东西了，因为那本来就是强调个人生存的地方，他追求的这些一下子变得没有意义了，他反而开始思考自己的社会责任感。个体需要面对的问题是不同的。河合隼雄则说了反过来的另一面。PTSD（Post-Traumatic Stress Disorder，创伤后应激障碍）在西方社会，比在日本发生得要多。因为日本社会和我们中国社会比较像，比较强调集体主义，家族、家庭、公司、团体这些包裹在个体之外的集体。日本人不大会以“个人”的身份来接受冲击，而是以全体来接受。最少能在家里以絮絮叨叨、吵架这种形式来表现。这种抱团取暖的关系，从另一方面来讲，纯天然地会给个体一个社会支持。当你走向社会的时候，即使你是一个成年人，你的父母、家庭、亲戚也被默认为有义务支持你。如果出生在相对健康的家族里，你会得到很大的助力，这对个人发展是非常有益的，很少会发生家里面其他人都是好好的，只有某一个人出现神经性症状（指PTSD）的情况。

B环境虽然都叫作社会，但社会和社会也相差迥异，有利有弊。相对于东方社会，西方社会里的个人很独立、自由。独立自由也会遇到独立自由的问题，一个年轻人直接被推到社会中，没有家族和家庭为他做缓冲的话，虽然不需要解决家族里七大姑八大姨之间的问题，也难免会在面对问题时感到孤立无援。这种孤独和迷茫感也会带来不同的问题，造成个体的困扰。

也就是说，不同的社会里的成员，心理机制不一样，需要解决的问题也完全不同。当我们看一些心理学书籍的时候，不要生搬硬套去往自己身上贴标签，乱给自己和他人下结论，甚至是下诊断。有些不合适你的内容也不是你的问题，是作者的研究背景根本不同。

## 11 自我、社会、宇宙的三位一体的关系

当然了，我给出的这个靶子图，也并不是对研究领域死板的界定。事实上，任何领域的研究都没有这种死板的界定。比如像马克思的《资本论》，大家觉得它是在讨论D层面的事，还是B、C层面的事？严格意义上来说，它被界定为政治经济学著作。但我个人认为，它是站在D层面上，研究的是B、C层面的事，想把人类社会的发展规律全都总结出来。

如果我们抛开政治角度，简单地去理解《资本论》的雄心，这本书是试图道破人类社会的发展规律。我不是马克思主义者，小时候也最讨厌背政治题，但是我长大之后，再回头去看，觉得《资本论》至少是很有意思的一个分析和预言性的论著。比如它说资本主义经过大量的原始资本积累，最后发展到一定程度，将从资本主义内部产生社会主义。但是，中国不是通过这个路径建立的社会主义，中国是直接跳过了资本积累这个环节，建设起了一个社会主义国家。但是后来发现太穷了，经济发展不上去，全国人民都要饿肚子，于是邓小平画了一个圈，中国进入了改革开放的时代，其实这就是补上资本积累这一步。

世间万物的发展，自有其客观规律，也有自行纠正和调整的功能。这些功能很厉害，有的时候 B 和 C 也可能是偏离了事物发展规律的，有时候则是事情起了变化，B 和 C 原来合乎规律的原则需要改变了。也就是说，大多数人有时候是错的，社会的发展有时候会误入歧途，有时候是落后的，但是没关系，宇宙万物自然有纠正人类社会的办法，让其按照万物发展的规律做出调整和改变。这就是我们中国人常说的道法自然，顺其自然的那个自然，这个自然不是大自然的意思，而是要把自和然分开理解，自行其是，自动运转，其实就是这个 D，宗教也是这个 D 层面的事情。

现在我们再回头看 A，即我们自己。A 这个小点儿永远是被裹胁在社会里面，除非你到深山老林里去隐居，否则个人只能生活在人类社会之中。因此 A 和 B、C 的关系有了各种情况，有时候个体和集体、社会之间彼此一致和谐，相处融洽，有时候会有矛盾。大家作为个体，都不得不去面对一些困惑，是不是我太不符合社会潮流？是不是我适应社会的能力太差？每当这种时候，我们个人作为少数和弱势的一方，会觉得非常痛苦。但实际上，两者皆有可能，有时是你错了，有时候确实是众人皆醉我独醒，你是对的，而整个社会都错了。因为你虽然不适应当下的 B、C，为社会所不容，但你顺应的是 D 的法则。

比如在 20 世纪 30 年代纳粹德国时期，当整个德国社会都认为希特勒是德国的救世主，为希特勒如痴如狂的时候，有些人是看得出希特勒的真面目的。1931 年，当希特勒正如日中天，成为全德国的希望之时，一位叫作卡尔·冯·奥西茨基的杂志主编，在他撰写的杂志文章上公开质疑："一个民族到底要在精神上沦落到何种程度，才能在这个无赖身上看出一个领袖的模子，看到令人追随的人格魅力？"这位主编最后进了集中营，他个人的声音非常微小，但是他知道什么是对错，只是在当时这样的人太少了，他们无力逆转大局、阻止希特勒和当时狂热的德国民众罢了。

## 12 宗教信仰想解决的是"道"的问题

这就是我从这个目录引申要讲的几点：第一，万事有其自己的规律和因果。第二，宗教信仰，或者我们中国古人的哲学思想里的道法自然，民间老百姓常念的“冥冥之中”，其实都是属于D这个层次和范围所讨论的问题。科学探索的是宇宙规律，也是D的层面，只不过科学是探索物质世界的客观规律，人类社会追求的是那种终极真理，基本都是D层面的事情，这也是为什么很多大科学家后来也会有宗教信仰，都是殊途同归。第三，人类社会是宇宙万物的一部分，人类社会的发展，也应该符合宇宙万物的发展规律，但是人类社会并不总是笔直地走在通往人类幸福和生存发展的路上，它经常会走火入魔，走到邪路上去。比如一战、二战，这是人所共知的例子了。第四，当人和社会有矛盾的时候，并非多数人一定是对的，多数人是有可能出错的，甚至整个社会都是有可能出错的，而个体有时候是对的，并不是说个体渺小就必定是错的。第五，有时候一个人是有可能直接越过社会的偏见和设置的重重认知障碍，站到D的层面思考问题，众人皆醉我独醒的情况是存在的。

说到这里，有些朋友会问了，那么这个道法自然，到底是什么呢？这个至高无上的很厉害的D的规律，到底是什么呢？其实这也是千百年来，人类共同的一个问题，宗教信仰的产生是在形而上的层面，直接去思考和探索这个问题。你看到的古今中外的宗教信仰，大的小的、主流的边缘的、正的邪的各种宗教，其实都是在探讨D层面的问题，但是大家也都是人类，行为结果依然有可能偏离目的。许多宗教领袖都觉得自己是D

的代言人，实际上，有的宗教走在正道上，有的误入歧途、走火入魔。因此，我们不能把宗教信仰对 D 层面规律的阐释，教条地等同于 D 本身来理解。

这就是荣格的三个层面，我们现在再回去翻这个目录，就可以体会到荣格的良苦用心了。第一章讲现代社会中的个人在群众观念的包裹下的困境，是讲 A 和 B、C 的关系。第二章讲与群众观念相抗衡的宗教，讲的是群众观念和代表道法自然的宗教思想相互参照和抗衡，也是 B、C 和 D 之间的抗衡。第三章讲了西方人在宗教问题上的观点，讲 D 这个领域的种种问题。到了第四章，他才开始讲自我是怎么回事。这就是大师的格局，他是这么给你讲问题的。

第二部分

# 现代社会中的个人困境

## 13 你只是学习了关于自我的知识

我们花了很多力气去讲这个目录，现在正式开始讲第一章“现代社会中的个人困境”。在我们深入探讨这个问题之前，我想先问大家一个问题，你觉得你认识自己吗？

大多数人一听到这个问题，都会给出很肯定的回答，除自己的体貌特征、社会身份、年龄性别、星座血型以外，我喜欢什么、讨厌什么，很多人甚至还可以对自己的个性特征、心理状态进行一番描述，比如我很内向，我有社交障碍等。然而荣格却认为，人们对自己的这些个性特征的了解，都是关于自我的知识，这些关于自我的知识，并不等于真正的认识自我。他觉得人的心理活动作为一种心理现实，正因为人们生活在其中，反倒对它了解得很少：

绝大多数人会把自我的知识与他们的个性特征混为一谈，任何一个完全具有自我意识的人，都以为他理所当然地了解自己，然而自我只了解其本身的内涵，对无意识及其内部含义茫然无知，人们通常总是习惯于按照社会环境中一般人了解自己的尺度，而不是按照大多隐藏在他们之外的精神事实来衡量他们的自我知识。

自我的知识是什么？许多人上过大学，读过几本书，特别是看了几本心理学的书以后，就开始把那些概念往自己身上套了。不仅如此，还往别人身上套，你有这样的表现，你是抑郁症；他符合这些条件，他就是某种人格。其实这些并不等于你真的认识自己，不等于你真正看透了自己的心理动机和心理现实形成的机制和过程，更不用说了解潜意识的运作机制，以及情绪是如何在你毫无察觉的情况下推动你的行为的。拿我上文讲过的朋友的例子来看，她跟我描述那件事情的时候，并没有那么明确地意识到，这个年轻人的一些言行是在攻击自己，她按照她对自己的一些认识，有了一个理所当然的判断，得出自己是在嫉妒这个晚辈的结论，然后在这个结论的基础上开始了自我批评。她是下意识地不去看她不想看到的状况，同时她的潜意识其实是对被攻击非常敏感的，她在跟我描述的时候，无意识地把对方的攻击性都描述出来了。而我也没有做什么，就是认真倾听，并且去感受她说话时的语气、姿态、情绪。我可能比较敏感，于是得到了一个她无意识中传递给我的信息，这个女孩是在攻击她，她才非常讨厌对方。或者说，她很讨厌被对方逼到某种不愿意去面对的冲突之中。

我把我的感觉告诉了她，我当然也不一定是对的，这不是一个结论，只是一种感觉，她自己也马上感觉到了，因为那本来就是她自己的感觉，只是被她压抑了，但又压抑不住，释放了出来，被我接收器一样地接收到了而已。

这就是荣格所说的，我们大多数人都习惯于按照社会环境中一般人了解自己的尺度去了解自己，而不是去了解那个隐藏在自己内心更深处的自我。有的时候，你认识的是自我的假象，更不要说认识他人，哪怕是在类似朋友亲人、夫妻子女的亲密关系中，我们常常觉得已经非常了解对方了，然而他们的行为举止还是经常会让我们大吃一惊。比如，我们经常会觉得某个朋友很健康阳光，突然有一天他跳楼了，大家都很震惊，觉得他生活无忧，看上去也很积极，绝不是个会自杀的人啊。但其实，我们可能并不像我们以为的那么了解他，甚至我们对自己的了解也都是自以为是。

## 14 为什么喜剧明星得了抑郁症

关于这一点，我自己也可以作为一个案例。我是一个作者，从前还做过中学老师，许多听过我的课或者参加过我的活动的朋友也许会得到一个印象，觉得我是一个很善于表达的人。你看到的确实是一个事实，但这只是个假象，或者可以说，这并不是我的全部。这倒不是说我在故意装出一副样子来面对公众，而是一种心理机制使然。

我也是最近几年通过写作和看书，以及不断地自我觉察和成长才看清楚自己。我其实是一个很难把那些痛苦的经历讲述出来、把痛苦情绪向别人倾诉的人。我们通常管这种人叫报喜不报忧。这其实和我小时候的一些经历有关，有些影响来自原生家庭，有些来自成长过程中遇到的人和事。总之，这样的性格不是偶然形成的，说来可以话很长。不过最终的结果就是，向他人讲述内心的痛苦让我感到羞耻，并且我在潜意识里坚信自己不会得到帮助和回应，于是把很多心里话憋了回去。

这和我之前举例的那位朋友是很相似的。我甚至不知道自己有这种倾向，就如同她没意识到她不愿意去面对别人对她的攻击。大家看到我是一个作家，表达能力很好，想说什么就说什么，但这不是真的。至少在想说什么就说什么这一点上，别人能轻轻松松说出来的事，我说不出来。有趣的是，恰恰是因为有这种从小想事想很多又憋在心里的习惯，内心深处会有一种过度补偿的心理，结果我反倒成了作家。但是讲天讲地，就是不讲内心的痛苦，不是不想讲，是真的讲不出口。

这也是为什么有的喜剧明星，比如憨豆先生、金·凯瑞，他们带给人们那么多欢乐，可是自己却得了抑郁症。大家看到他们的搞笑外表，只是表象的一部分，他们的内心深处不开心，会有意无意地有一些过度补偿的心理，反倒做了让人开心的工作。一些不是喜剧明星的人也会这样，一到公共场合，就很善谈，很乐观，但是一个人的时候却是很落寞的。我们真的要去了解一个人，不应该用一种习惯性的社会标准直接下定义、贴标签：这是一个活泼的人，他不会不开心，他遇到什么事都没问题，大家不用管他；那是一个楚楚可怜的人，他一定很脆弱，我们应该特别照顾他。结果活泼的乐天派后来精神垮掉了，可怜的人却一直在利用大家对自己的同情，是非常强大的情感操控者。

同样地，我们也不要对自己那样想当然，自以为已经很了解自己了，对自己不要那么简单地下结论，你还有很多需要去认识的地方。特别是潜意识这个层面，里面深藏着一些你自己都不知道的模糊的记忆、情绪、深层的动机。我们意识里的那个自己不能说一定是虚假的，但可能只是一部分自我，理智清醒的自我，白天装得人模人样的那个自我。在我们每个人的潜意识里，每天都在动着成千上万个小念头，在你不知不觉中，驱动着你去做一些事。

## 15 每个人在自己潜意识的天地里都是孤立无援的

众所周知，人的痛神经是遍布全身的，虽然没有人会喜欢疼痛的感觉，但人不能没有痛感。当一个人的身体出现问题的时候，疼痛恰恰是身体给你信号，这时候你就知道，应该休息了，或者应该去医院找大夫了。癌症之所以可怕，不在于完全不能治疗，早期的良性肿瘤是可以治疗和控制的，但是许多肿瘤在早期都容易被人忽视，因此一发现就是晚期。人的心理上出现的问题也常常如此，甚至比癌症更隐秘，难以发现。我们刚才讲，认知心理现实需要客观参照物，但是心理活动是在每个人的内心世界进行，它不是显性的，没有办法像一个一米六的人和一米八的人站在一起，让人看得那么清清楚楚，也不能像检查身体一样照 X 光片，用各种各样的科学仪器去排查。因此，人有时会陷在自己的认知世界里，那完全是自造的一个唯心的世界，没有参照物，也不知道应该有参照物这回事。他没有办法对自己的心理世界有那么清晰的认知，外界也不可能知道他的内心世界已经出现异常，从而给予帮助或者是干预。人在心理相对健康的时候还好，心理不健康的时候，可能要到很严重的病理性程度，有相应的行为出现时才会被发现。补充一点，这里我们说的心理健康是一个相对值。就像我们的身体一样，大家多多少少有些小毛病，但是在一定范围内，还算是健康的，而不是说只有绝对一点儿病都没有的完美的身体才是健康的。心理学上的心理不健康也一样是相对的。你最近这段时间因为考试、失业等情况焦虑、抑郁，过了这阵子，状况改变了就好了，那都是正常的。

荣格说我们每个人都有个未发现的自我：这是因为“在潜意识的广阔天地里（这里的潜意识不受意识批评和意识控制的影响），我们是毫不设防的、孤立无援的，很容易接受各种影响，很容易患上精神传染病”。

我们每个个体的内心世界里只有自己，孤独是每个人的宿命，你的知己好友、亲密爱人、父母子女，再怎样了解，你再怎样去跟他们表达、传递、解释你的内心世界，他们所理解的你还是会有偏差，反之亦然。所谓感同身受，只是一个程度范围，每个人感同身受的能力，以及相互能够匹配的程度不同。因此，人和人之间没有办法对别人正在经历的事百分之百地感同身受，反过来也是一样。心理问题出现的过程常常是缓慢地滑过某个边界，当事者可能毫无知觉。在现实生活中，你人走到马路当中，车来了，可能陌生人会拉你一把，说你找死啊。可是你的心灵走到某个危险边缘的时候，别人是很少会观察到的，也无从帮助。有的人甚至开始出现幻觉、妄想都不自知。每个人在自己的内心和精神世界里探索的这个过程，归根结底还是一个人的旅程，你也许能得到来自他人的帮助和陪伴，也许能得到老师、前辈的指导，但这个过程依然要靠你自己去完成。每个勇敢地走上这条路的人，都是自己的孤胆英雄。

## 16 人的概念并不是真正的人

一个人对自我的认知是非常重要的，它是一个基础。像荣格的这篇文章，又是社会，又是群众，最后是宇宙万物，所有这些内容，都是为了去认识这个小小的 A 点，讲我们怎么去认识自己，怎样寻求个人的幸福。

作为一个个体的人，我们每个人身上都有着自然属性和社会属性，生活在人类社会里，我们对自己的认知不只是关于你自己，而是一整个体系。从小到大，我们在认识自己的这个过程中会接受太多的教育，受到太多外界的影响。比方说，我们会经常看到一些文章，定义中国人是什么样，大龄未婚青年是什么样，农民工是什么样，知识分子是什么样。

生活在现代文明社会，我们每天都会接收到很多统计性和理念性的信息。这个时代特别迷恋大数据，凡事都要看看大数据的说法，人们相信科学，科学也反过来定义了我们的生活。但是，荣格对于大数据、对于科学性有他自己的看法。他认为，就人的个体来说，很多对个体的定义、概念、判断等从理论上来说都是对的，但这种完全正确的理论在现实生活中是不可能实现的，是不存在的。他举了一个例子，这就像是在一个池子里有 1000 块鹅卵石，你想描述鹅卵石有多重，于是把所有鹅卵石都放到秤上称，称完以后，把总的重量除以 1000，你得出来一个理论性的结果，单块鹅卵石是 145 克。然后你写了一篇论文，说池子里的鹅卵石单块重量是 145 克。但事实上你从池子里面拿出任何一块鹅卵石都没有 145 克，总是多一点儿或者少一点儿，可能也就那么一两块正好 145 克，但这是很少的。

在很多人的认知里，对于人的认识都是概念性的，我们看了很多书，试图去了解这个社会，了解自己以及别人，结果都是统计性的、理论性上的人。就好像我们用科学的方法去了解、学习了什么是鹅卵石，觉得每块鹅卵石都是 145 克，但我们认识的只是概念上的鹅卵石。在现实中，人和人的差异非常大，心理活动的过程也完全不一样，没有哪一个人是按照理论和概念去长的。统计学的方法得出的结论当然是对的，但是有的时候拿到你的个人经验里面来讲，你又会觉得它在什么地方好像不太对。就像我们之前所讲，心理学有民族差异性，有地域差异性，也有时代性。退一万步来讲的，即便是民族、地域和时代性都相同，个体和个体之间的差异也是巨大的。在认识自我这条路上，其实没有什么绝对的标准答案。荣格认为，用科学的、统计学的方法得出的关于人的结论，按照统计学的逻辑常常是对的，但是运用在我们现实生活中时，往往并不能真实描绘个体的客观经验。同样地，你用这样一套统计学的方式去认知世界、认识自我，也很容易对自己的心理现实产生误解：

统计方法固然对现实中的某个无可争辩的事实有所反映，但它往往会以最容易使人误解的方式来虚构客观现实，不管怎样，真实世界的显著特征在于事实的个性化。如果要给实际情况下一个不太精确的定义，那么我可以说实际情况只不过是由各种例外所构成的一种状态而已，绝对的真实首先有不规则的特点。

如果我们打算了解一个具体的人，那么就必须把关于一般人的科学知识置之脑后，并且还要抛弃所有的理论概念，以便我们采取一种全新的毫无偏见的态度来完成这一过程。如果我要完成理解一个人的使命，我必须有个自由的、开放的心灵，其中对人的知识抑或对人的特性的洞察，构成了关于人类总体的各种普遍性知识的先决条件。

现在我们常听人说一句话："懂得了那么多的道理，却还是过不好自己的人生。"是这些道理错了吗？没有错啊，一块鹅卵石是145克，这是用科学的方式测量出来的嘛。可是实际呢，如果不是依靠加工制造，这世界上找不到任何两块一模一样的鹅卵石。更何况是人呢？认识一个人，要比鹅卵石复杂太多了。你学了那么多理论，拿这些去套在别人身上，去认识他人，认识自我，认识世界。你得到的可能是一个理论上对的世界，但在现实中却是失真的认知。

看人的时候不要贴标签，把你的标签暂时先搁置一下，用一个开放的心灵去看、去认知。这个人可能不是标准化的 145 克的鹅卵石，他可能是 145.5 克或者 130 克的鹅卵石，你要接受会有另外一种可能性的存在，不要那么想当然。

## 17 你是这世界独一无二的存在

上面所讲的内容反过来用在自己的身上也一样，不要把一些理论照搬过来套在自己身上，那不是真正地在认识自我，而是在学习关于“自我”的知识。不要把自己当成一块鹅卵石，别人说你有 145 克就应该有 145 克，你是一个独一无二的个体，你有你的个性。可能自己身上有什么你还不知道的，也许是你不敢面对的，也许是被你压抑的欲望，也许是深埋在记忆中的恐怖画面。请大家把理论和概念这套东西扔掉，你首先要以一个开放的心态去观察自己。

太多的知识会造成人不太能够理解个体，因为这些知识总是在总结概括一个规律，在这样的目的下，个体常常显得不那么重要。我们的大脑被这些知识塞满了，它们都是由别人总结归纳出来的、对我们自身的描述。而我们以为这就是真实的全部的自我。可是大家不要忘记了，人还有潜意识，还有情绪情感，这是无法用科学的方法计算的，这才是造就每个人独一无二的关键要素。谁也不可能永远那么理性，每一个真实的人都各不相同，你可能没那么好，也没那么坏，但是你肯定跟别人不一样。

现在我们对前面的四点做一个小结。第一点，关于自我的知识并不等于对自我真正的理解。第二点，我们接受了太多理念性知识的灌输，总以为自己是一块145克的鹅卵石，其实没那回事。理论上是对的，写论文这么写也都对，但是为什么一到现实生活中、具体办事的时候就行不通？因为你不是一块标准的145克的石头。你是个有血有肉，有情绪情感的人。第三点，一个人想真正地认识自我，首先要接受自己是一个独立的个体，要把自己当成一个个体的人去观察和了解。第四点，脑子里塞了太多关于自我的理念和知识常常会阻碍我们认识自我，因为人有非理性，有潜意识，有情绪情感。丰富的知识有时候也会妨碍你了解真实的自己和他人，反倒成为一种自我认知的障碍。

## 18 人与人的结合，形成了群众组织

综上所述，这就引出了一个问题，当我们谈论人的时候，我们谈论的常常不是一个具体的人，不是一个有血有肉、有感情、有潜意识、有各种复杂性的人，他变成了一个社会单元、生物单元。大家看不到一个个活生生的人，而是把大活人看成一个因素的集合，这些因素的集合最后取代了真人。比如“猫奴”“80后”“天蝎座”“公知”“女权主义”等，于是一个人

成了许多因素的集合。因素的集合取代了真人，人变成了因素的堆砌，因素堆砌起来就开始产生群众组织。这个时候，组织就会得到一些名称。在所有这些群众组织中，最高的群众组织就是国家。

人在这样的社会环境里生活，会接受教育，把自己定义成一块 145 克的鹅卵石，跟别人一样，没有个性，没有例外。个体的人在群众组织中，不再是一个有血有肉的个体，而是成为这个组织的一个组成单元，很多人由此丧失了自我。我们一般所说的丧失自我，主要是指丧失个人意志以及实现个人意愿的动力和能力。由于什么事情都做不了主，因此一个人很容易失去对个人行为的责任感，以及个人的道德感，从此失去心理方面的特殊性，失去了把自己当成一个独一无二的人去了解的心理状态，也不会去这样了解他人。

这个时候，在他的意识里面，他的道德就是集体的道德，他对幸福的认识、理解就是集体统一的幸福标准。比如说，适婚男女青年没有结婚，那么社会不仅会认为他们是不幸福的，还会觉得他们是不孝的。这就是中国社会为集体内每个成员设定的统一的幸福标准。大多数社会成员在这样的情况下，会把达到集体的标准当作个人意愿来接受，除非他有意识地保持自己的个性，否则很难真正认识到自己内心深处到底需要什么。这就是社会生活反过来对个人心理的影响。

## 19 个人生活是唯一真实的生活

很多人会按照集体标准去生活，去制定自己的人生目标。我曾经回复过一封读者来信，那位读者这样问：像你们女作家这种瞧不起世俗生活的人，真的会幸福吗？然后她又说，像我这种家庭主妇，觉得这样踏踏实实地生活、这样小小的幸福就很好了。

这个读者的问题把“女作家”归为一类女人，把“家庭主妇”归为另一类女人。当时我回答她说，实际上女作家也各不相同，虽然都是以写作为生，但我们每个人都有自己的个人生活，大家的差异性是很大的，有爱做饭、达到美食家级别的女作家，也有不爱做饭、完全不进厨房的女作家，还有像我这种虽然不是美食家，但是家常便饭也是经常做的。这位写信的读者就是看不到个体的人，她把女人分成了两个阵营，把家庭主妇这个群体和女作家这个群体完全对立起来看待，你觉得她这个人能认识自我吗？我觉得很难。她把人都当成鹅卵石，拿着这一池的鹅卵石和另一池鹅卵石做对比。她的认知里根本就没有“个人”的概念，她怎么可能认识自我呢？但是好多人就是这样，他们在接受各种理论的灌输和教育以后，没有了个体意识，他们看别人是这样，看自己也是这样。

我特别喜欢荣格在这篇文章里的一句话，他说：“个人生活是唯一真实的生活。”我们每个人从小过着集体生活，受着集体的影响，很多人因此丧失了对个人生活的感知能力，觉得自己就是145克的鹅卵石，要跟别人过得一样，要有标准化的人生，才能够得到幸福。因为没有个人生活了，人就特别容易被吸引去实现社会集体给出的共同目标，个人生活也因此被剥夺。比如，年轻的时候一定要结婚生子、买房、混成中产、赚更多的钱，要工作、要努力，都是类似成功学给出的指标，谁达到了这些指标，谁就是成功人士，就会感到幸福。

很多人被设定了这样的人生目标后，从未曾认真地想过，自己真正需要的是什么，对于自己来说，到底什么才是真正幸福的生活。一个人接受了社会给他的幸福标准，就奔着这个目标去努力了。他所谓的个人生活，是一个理论性的、145克鹅卵石应该过的、标准化的个人生活，而不是真实的个人生活。如果你没有建立起真正的个人生活的话，你就没有个人，也没有自我，你没有办法去真正地认识自我，这就是我们现实生活中非常矛盾的地方。如果你永远按照社会标准去生活，想在一个标准化的生活模式里认识真正的自我，无疑困难重重，这个标准会反过来约束、压抑和干扰你，如此形成一个循环。

个体想融入社会是人之常情，也是生存需要，因为当我们融入社会时，会获得一种安全感，从某种角度来说，这样的生活会很轻松，毕竟如果跟社会格格不入，生活可能会遭遇许多坎坷。就像河合隼雄说的，这样你就不会以个人的身份去接受生活的冲击了。但是反过来说，你也要为这种安全感付出代价，那就是牺牲掉自己真正的个人生活，去过一种符合社会标准的个人生活。如果不是145克的鹅卵石，就努力把自己打磨成完美的145克的鹅卵石，于是人们便渐渐活成了抽象的单元，这样就无须为自己负责，也不用费尽心思去想自己的人生目标。

另外一个让人们丧失个性的重要原因，是现代文明的统计学理论化、科学化的发展，到处充斥着关于大数据的文章，用数据的方式去认识、理解世界，被视为是进步的、现代的思维方式。人们对科学理论的崇拜、对大数据的笃信无疑，导致更多人将自己和他人都当作数据来看待，却从未想过，过度地依赖大数据，将统计学、科学化视为理解世界的唯一途径，会造成另一种认知障碍。大数据描述的世界似乎是条理清晰、层次分明的，这给人以安全感。但是当你和一个真实的人面对面的时候，当这个真实的人就是你自己时，那个世界并不是那么清晰准确、按照理论和逻辑存在的。一个可以很清楚地分析大数据的人，依然有可能无法与他人沟通，无法真正地认识自己。

## 20 刻意反叛是另一种顺从

很多人认为自己是非常有个性的人，根本没有受群众和社会的影响，也不会被科学、统计学的理论左右，自己所有的思想都是独立思想。

独立思想真的没有那么容易获得。前面我讲的是希望融入社会、比较顺从的一种丧失个性。另外，颠覆和叛逆也不是独立思想，它们是顺从的另一种体现形式。

举个例子吧。比如说，一个青春期的少年对母亲有一种逆反心理，总是要对母亲的意见表示反对，母亲希望他做什么，他偏偏不做。现在有两件事，这两件事都是母亲希望孩子按照她的意愿去完成的，第一件事，母亲的决定其实是错的，第二件事，母亲的决定是对的。这是一种常有的情况，大人为孩子做的决定并非完全正确，但也并非完全错误。一个顺从的孩子可能按照母亲的意愿去做了两件事，结果出了错。一个叛逆的孩子，他要和母亲对抗，完全违背母亲的意愿会怎样呢？当然也会出错。

一个真正有独立思想的人遇到事情的时候，首先应该对自己要做的决定负责，他会就事情本身衡量利弊，做出选择，对自己有利就去做，不利就拒绝，而不是取决于母亲对这件事的态度。他既不是一味地顺从母亲，也不会为了逆反而逆反，明知对自己有利却偏不去做。所以我们才说，逆反并不是独立思考的能力，逆反也是一种顺从，因为这个孩子的思想完全被对母亲的爱恨情绪所左右了，这说明他还是不能摆脱母亲的影响，还不能成为一个真正有个性和独立思想的人。

你是顺从还是一味地忤逆母亲，你做决定的判断依据都是你的母亲，而不是这个事情本身，说明你还是没有把这件事当作自己的事，没把自己当作一个有独立人格的人，为这个人负责，这就不叫独立判断。同理，我们对一个集体，包括对国家和政府的态度也是一样，好多人觉得只要是政府说的就是对的，我不能提出改革的意见，不能反对。这肯定是不对的。世界上哪有完美的政府啊，都需要多听取民众的意见。

反过来，有一些人一味地反对政府、反对国家，只要是国家和政府说的，就不分青红皂白，认为全部都是错的，这样的人也根本谈不上任何的独立思考。集体和个体的利益很多时候是相互冲突的，但也有很多时候是一致的。一味反对的人是无法做出真正客观的判断的，他们总是立场先行，无论什么事，都先站到国家的对立面去，完全被逆反情绪左右，不看事情本质，不能就事论事。所以这只是不公平、不客观、不独立的另一种表现形式。

当一个人选择这样一种认知方式的时候，势必会影响他真正地认识自我。因为他无法把所有精力和注意力用在认识这件事，然后解决这件事上，而是不断地在和心中那个强大的敌人对抗，逆反的情绪会蒙蔽他的心，让他失去对事物本身的判断，同时也就没有精力和好的心态去观察自我，他失去的是在处理这件事中得到成长的机会。人的精力是有限的，当一个孩子把自己所有的精力都用在跟妈妈较劲上的时候，他的关注点会集中在妈妈以及妈妈和自己的关系上。当然了，青春期是每个人的必经之路，它本身是有益的，也是必要的，但是有的人滞留在青春期，永远没有再往前走一步。他们的自我认识之路也只能止步于此。荣格认为，对于那些把所有精力都用在革命、叛逆、反对一切权威的人来说，革命、叛逆本身会消耗他们大部分精力，很多人深陷于反抗、愤怒的情绪之中，没有多余的精力去认识自我。

## 21 有人群的地方，就有领袖

我们大多数现代人，都生活在一个由群众组成的社会里，群众以及群众观念，也就是主流价值观，无时无刻不在以我们想象不到的方式，对个人产生着影响，干扰着我们去认识真正的自我。刻意的反叛也是一种顺从。除此以外，有群众的地方就会出现领袖，这几乎是每个人类社会必然产生的结果。哪怕是在幼儿园，三五个小朋友一起玩上半个小时，马上就有孩子成了领导者，有孩子做了大臣的角色，有孩子做小跟班，有孩子成为小透明，这是不可避免的事情。成人的世界更是如此，哪怕是全无利益关系的人们，要组织个新社团，或者只是建立个新的微信群，不需要太长时间，都会自动分化出这样的组织结构。

我想拿我在豆瓣网的亲身经历做例子，解释一下为什么说群众中出现领袖是必然的结果。我是在2005年的时候注册的豆瓣，那个时候的豆瓣，一打开页面就有一个像议事大厅一样的首页，网友写的好文章会被推荐出现在首页上，大家会一起去看，去讨论。这样的形式注定了有的人会先被大家看到，当时我的文章经常被推荐，于是我迅速积累了在豆瓣的第一批读者，成为今天所说的头部用户，那个时候叫核心用户。接下来豆瓣开始干了什么呢？说要“去中心化”。去中心化的意思就是，豆瓣认为我们这些头部用户拥有的读者太多了，话语权越来越大。他们不想有任何的意见领袖，他们只相信大数据，理想是要建立一个人人拥有平等话语权的网站。他们要用大数据的方式制造出这个平等，剥夺核心用户的话语权，当年豆瓣自己把这种做法叫作“去精英化”。

于是豆瓣把主页的这个议事广场去掉了，每个人进入豆瓣之后先看到的都是个人主页，没有群众聚集的广场，也就很难有所谓的意见领袖了。去精英化以后，每个人就在自己的主页上玩儿，大家看电影、看书，无论你有多少关注度，表达态度时都只能一人一票，给电影打分也绝对平等，谁也别想掌握话语权，这看上去是一个很理想化的乌托邦。

当时我就觉得豆瓣的想法好像有些不对，不过我依然继续在豆瓣发布自己的作品，我并没有把自己当精英，虽然被去中心化了，但对我并没有影响。可是我的好多朋友当时就很生气地离开了豆瓣。因为没有广场了，我就把写的文章发在日记里，当 blog 来写，结果有意思的是，豆瓣日记又火爆了起来。有一段时间，我的日记是写一篇火一篇，关注度一天天涨起来，讨论的声音就开始变味了，除了骂我以外，他们之间还互相对骂，骂得特别热闹。豆瓣一直信奉的是算法为王，这些既不是他们控制的，也同样不是我控制的，这就是人类社会的缩影。一直到现在，我都认为豆瓣最初那种去中心化的想法，达到绝对平权的理想，是因为对人性缺少了解所致，是一个错误的决定和方向。事实上，只要有人类社会的地方，就一定会有意见领袖，这个意见领袖不是这个人，就是那个人。等过了一段时间，大家又开始觉得凭什么你变成一个话语的权威，看见你就烦，开始有逆反心理，你说什么都是不对的，人们又会跑去追捧另外一个人，其实这也是群众运动。

微博也是同样的道理，虽然BBS时代听上去是老古董了，网络世界进入SNS时代已即将二十年，现在每个人都有自己的个人主页，可是你会发现，大多数人并不会在自己主页上认真地发表什么内容，而是跑到明星、大V的微博下面去聊天，实际上就是把这些大V的评论区当成了当年的BBS。你发一条微博讨论社会热点，就会有好多人在微博下评价，有的是直接骂博主，有的跟博主已经没什么关系，他们自己在那儿吵来吵去。我还记得最初BBS死掉，变成了一个个SNS网站时，好多人说这意味着人人平等在互联网世界实现了。事实证明，这只是天真的想象，其实没什么差别，人们还是会跑到人多的地方去，群众里面还是会出现新的一拨意见领袖，因为人们会自发聚集，不是聚到这个人身边，就是聚到那个人身边。大V的微博就像农村村口的大槐树，大家吃完饭后都跑到那里去交换信息。微博后来就给大 V 博主下放了很大的权力，其实就是让这些大 V 博主做当年 BBS 版主的角色，把自己的一亩三分地管起来。

科技发展，时代进步，可是几千年来，人类的情绪情感其实并没有太大变化。每个时代都会有人变成意见领袖，只不过互联网时代迭代更快、领域更宽泛而已，不仅仅是社会议题，美妆、生活、时尚、宠物、明星等，各种领域的人群都开始有自己的民间意见领袖，像当年豆瓣提出的所谓去中心化永远是不可能的，永远会有人成为新的意见领袖，站到舞台中央去，有人追随他们，这就是人类社会，这就是群众以及领袖。

以上我们讲了群众和社会对我们的影响，我们必须要承认，其实每个人多多少少都会有一些从众心理，很少有人可以真正把自己的想法和群众的观念完全绝对地区分开，百分百地避免这种影响。正因为这种难以区分，个体的经验常常被不知不觉地裹挟在群众观念之中，受到其潜移默化的影响，这是其一。另一方面，当群众观念非常明确地与个体经验相抵触时，特别是对个体独特经验的定义和标注与当下社会主流价值观所认可的公共福利、幸福标准相左的时候，相比之下，个体经验常常是微不足道的，这使得个人很容易丧失勇气，无法相信自己的个体经验。个人需要很大的勇气去坚持自己，去过一种真正符合道法自然的规律的生活，而非群众观念的共识下的生活。

## 22 对理性的赞美和对感性的贬低

除了群众观念，我们还会被理论、数据、科学研究灌输太多关于自我的知识，这也会成为真正认识自我的一种阻碍。比如，我们经常听到对理性的赞美和对感性的贬低，当你说出自己对这个世界最直接的感受和认知所得的时候，你的感受被要求应该是理性、中立、客观的，你的结论经常会被质疑“这有什么科学依据”。正因为这样，我们周围似乎有一种风气，人的情绪表达被认为是低级的，会被藐视为太情绪化、失去控制、没有涵养、缺少文明教育、没有进化好，等等。实际上，人的情绪体验是非常重要的，因为它们都来自你内心深处最真实的反应，是你不能否认和无视的一部分，我们可以通过这些情绪情感去认识真正的自己。

理性和感性是我们在探讨人性时的两个永恒的主题，通常人们喜欢去鉴定这个人是理性的，那个人是感性的，这本身就是一种错误的认知方式。其实大多数人都是理性和感性并存，既有感性的一面，又有理性的一面，而且理性和感性是互相影响的。有的人会感性偏多，有的人会理性偏多，同一个人在不同的情况下，可能会根据场合、地点、时间来调动自己的感性和理性。假如我昨天刚和男朋友吵了一架，现在要去讲课，那我肯定会压抑感性的一部分，调动自己理性的一部分来完成工作。但如果我是独自去电影院里看电影，在比较放松的情况下，那感性成分就要比工作的时候多。不过，若此时身边坐着一个不太熟悉的同事，那我即使非常感动，可能也哭不出来。一个谈起恋爱特别感性的女性，可以做皮肤护理一丝不苟，坚持健身，从不懒惰，为了美，她可以完全理性。我们大多数人都有感性的一面和理性的一面，比例不同，对待不同的具体事件的反应不同，这需要就具体问题和具体的人进行具体分析。

## 23 情绪情感对理性的影响

荣格认为，人在情绪情感因素没有超过某种严格的限定时，理性的探讨才能得以进行，才可以获得成功，如果情绪情感的激烈程度高于这个水准，理性便可能丧失一切功能。在这里，我要特别补充一点，由于人们有认为情绪情感低级和原始的倾向，因此人的情绪情感有时候是被过度压抑、不被承认的，有些人的情绪激烈程度已经高于荣格所说的这一水准，严重影响到人对事物的理性判断，但是由于过分压抑和否认自己的情绪，他们可能完全没有觉察到自己的理性已经丧失了。

拿我们之前提到的叛逆情绪为例，假如一个成年男性将自己早年对父亲的逆反情绪投射在一位长者身上，他就有可能会在这种情绪的驱使下，反对这位长者所做的一切决定，而不顾事实本身的对错。由于他相信自己是理性客观的，又擅长辩证思维，那么他会只看到和选择对这位长者不利的证明。这也就是我们常说的立场先行。决定一个人立场的因素有很多，这里我们要说的是，有时候一个自诩理性的人，他的立场可能是由自己毫无觉知的情绪决定的。

理性的功能一旦丧失，就会被空洞的口号和不切实际的幻想代替。当很多非理性的人聚集在一起的时候，集体所有物就会应运而生，这种集体所有物很快便会发展成为一种精神流行病。正如前面我们讲到的，大多数人是很难分辨出自我和群众观念的边界的，这使得他们并没有真正的自我，而这些丧失自我的人又是最容易有从众心理、最容易在集体潜意识中跟着失心疯的人。这样就形成了一个封闭的循环——越是没有个性的人，越容易有从众心理，容易被煽动，反过来，越是容易被煽动、将自己淹没在群众活动之中的人，就越是会丧失自我。

这就是我们常说的"乌合之众"。我曾经写过一篇文章，探讨真正瓦解乌合之众这个问题的关键是什么，在这一点上，我和荣格的看法不谋而合，那就是每个人的个性和人性。只有每个人都能找到那个真正的自我，每个人都能按照自我的意志去活着、去思想，每个人都成为独立的个体的人，会想到要为自己的行为负责，乌合之众的迷局才会被破解，而不是害怕群众，把群众都当作乌合之众，剥夺他们的权利，禁止他们发言。

## 24 理性也会反过来影响感情

心理学里有个名词叫阻抗（resistance），是指来访者在心理咨询的过程中，以公开或者隐蔽的方式否定咨询师对自己的分析，拖延咨询师的要求，影响咨询效果。这个“阻抗”有时候是来访者有意的，但很多时候是来访者下意识产生的。其中有一种阻抗叫作“理智化”，这是一种我们在日常生活中常见的心理防御机制。你会遇到那种看了许多哲学、心理学、历史学书的人，总是不断地用一些理性化的术语和理论来武装自己。他用理性把自己包在一个厚厚的壳里，拒绝体验自己的情绪情感，也拒绝谈论和表达自己的情绪情感，因此他也无法体会别人的情绪情感。这样的人，你和他做纯粹理性探讨，可能还觉得他很有水平，但是当遇到生活中的具体事件，理性和情感掺杂在一起的时候，你无论和他说什么，都好像在对着一堵冷冰冰的墙说话。他总能用理智化的术语和理论跟你讨论、反驳你、说服你，甚至鄙视你的情绪情感。

这种过度理性化肯定是有问题的，这样的人习惯了用理性把自己的感情隔离，是因为他们害怕自己的情绪情感一旦呈现，就将无法应对和收拾，或者情绪情感让自己感觉到脆弱无助的耻辱，因此便极力地否认它们。他们习惯了理性为自己心灵营造的安全感，也习惯了长期隔离和压抑自己的感情。

但是，压抑的感情也是感情，压抑的感情只是不允许被表达，但并没有消失，还是在心底一直存在着。于是我们就会遇到这样一种情况，一个以理性和冷静著称的人，做出的事情却特别不可理喻、违背常识。因为他已经被某种情绪控制，但依然认定自己是一个理性客观的人，于是他选择给你摆事实讲道理，让你心服口服。可是你却发现他摆的事实和讲的道理都是经过选择的、片面的。那么，实际上是什么在替他选择这些论据呢？是他的情绪情感替他做出的选择。情绪可能蒙蔽了他的双眼，让他看不到另外的那些事实，可是他还真的认为自己是客观的。

唯理性论的人一旦被情绪所控制和左右就很难沟通，因为一向不承认自己有情绪、不允许自己有情绪的人，也根本不愿意去面对情绪，不愿意花时间去好好处理自己的情绪。最后，情绪一而再、再而三地被压抑，而越压抑，情绪的力量就越厉害，情绪对这个人暗暗控制的那种力量就越强。一旦有一个出口，或超过一定承受范围，情绪就会借机伪装成“理中客”（即理性、中立、客观）的样子疯狂发泄。这样连自己的情绪情感都不承认的人，怎么可能认识真实的自己呢？又怎么可能有真正的个性、独立的思考呢？

## 25 群众运动中最疯狂的其实是那些极端理性主义者

当群众中的个体缺少自我认知和个性，这个集体就特别容易导致其中的个体出现丧失感和情绪失控，形成一种潜在的精神病，进而产生一种集体冲动状态。当然，不是所有人在这样的环境里都觉得很烦闷、压抑和难过。有一些人是非常适应这样的集体癫狂的，因为他自己就是这样的人。

这就回到了之前福柯举的那个精神病人的例子。不知道大家在日常生活中有没有遇到过这样一种人，这种人的精神其实是不太正常的，他的认知出现了偏差，但是逻辑和思维非常缜密清晰，讨论起事情来严丝合缝、条理分明，谁看到他都觉得他是一个再正常不过的人，但是他的内心世界有一些根本上的认知错误。由于逻辑理论水平很高，他非常适应这个社会，特别雄辩，有着非凡的个人魅力和说服力，谁也看不出他是个疯子。他可以在这个社会爬到很高的位置，甚至可能走到权力顶端，成为国家元首，然后发动世界大战，最后死了很多人，大家才明白过来，他们把自己的命运交到了一个疯子手中。

希特勒就是这样的一个人，你能说他不是天才吗？能说他的头脑不发达、理性逻辑思维不厉害吗？我看过希特勒的演讲，他真的是一个非常有魅力、有感染力和号召力的演说家，最后整个欧洲都落在了这么一个疯子的手里，他就是有这个本事能让当时的大多数德国人相信他。所以在二战之后，许多学者，包括心理学者，都会研究他本人以及当时德国的群众心理。大家都希望知道这些事到底是怎么发生的，荣格的这篇文章也是在二战之后写出来的。

德国人是以理性严谨著称的，但是理性严谨完全被疯狂不知不觉给击溃了，纳粹德国的民众当时就是一种集体潜意识的精神病爆发。有一部德国电影叫《帝国的毁灭》，讲述的是希特勒生命中的最后几个小时。在电影里，一个纳粹军官和戈培尔有这样的一段对话：军官说，有人指责希特勒窃取了国家的权力，戈培尔说，元首没有窃取国家的权力，是人民（当时的德国选民）把国家的权力给了他，他是被人民选上去的。大家想想看，戈培尔这句话其实是没有错的，无论我们如何指责希特勒蛊惑人心，他都是被民众投票选举出来的，这个事实是不能否认的。前面我们也讲了，没有个性的人在集体中会有从众心理，这样他就不必为自己的行为和决定负责。在对这场人类历史上的浩劫进行反思的时候，我们习惯了将一切罪责归到一个恶魔身上，认为是他将世界带入了深渊，但事实上，这个恶魔是群众的选择，是民主的结果，这才是历史值得我们深思的地方。雪崩时，没有一片雪花觉得自己有责任。对于大多数人来讲，因为缺少个性和自我认知，他们也不会意识到自己是应该为人类的命运负责的。

第三部分

# 可与群众观念相抗衡的宗教

## 26 人为什么需要有信仰

我们再看一下荣格《未发现的自我》第二章的标题，“可与群众观念相抗衡的宗教”。在本书的第一部分，我们曾经分析过，为什么荣格给自己的文章设置了这样的结构，他的第一章讨论的是现代社会中个人的困境，这个还好理解一些，为什么到了第二部分，就开始讨论群众观念和宗教相抗衡的问题了呢？为什么讲我们个人的自我认知时不聊自己，而要去聊群众观念、聊宗教，还聊二者之间的抗衡呢？二者之间的抗衡跟自我认知有什么关系呢？我天天自我认知，每天看心理学书籍，天天了解我自己不就得了吗？

正如我们在本书第一部分所讲的，人要对自己有正确和客观的认知，有一个特别重要的前提，就是要基于相对正确和客观的心理现实，而相对正确和客观的心理现实一定要有坐标系，有参照物。当你去认知自我的时候，不能仅仅研究自己这个单一的个体，还要研究 B、C 和 D，以及 B、C 和 D 之间的各种互动关系，这些都是你认识自我的重要影响因素。在此我必须强调一点，研究事物和研究事物之间的交互作用不是一回事。什么是社会，什么是群众，什么是宗教，搞清楚这些知识点相对简单，但它们之间互相作用和影响产生的结果是千变万化无穷尽的。我们作为个体被这些强大的力量包围着，因此它们之间的互相作用力也会对我们这样的个体产生非常深刻的影响。

首先我们个人，也就是 A 这个小黑点，其实是被 B 包围着的，也就是以“我”为中心，被家人、朋友、同学、老师、同事这些亲密关系和社交关系所包围。在这个关系的外围，还有一个大的人类社会。我们假设现在你有一个想法，而且认为自己是正确的，但是 B 和 C 全都认为你是错的，你该怎么办？比如说结婚这个问题，有人认为不一定非得结婚才会幸福，但是他的父母、老师、同学都认为不结婚就没有幸福，一打开报纸杂志，也是一样的舆论导向，如果你是公务员，不结婚甚至会影响领导对你的看法，影响升职。这个时候，A 就在 B 和 C 的包围之下。当 A 除了自己的想法，目力所及能看到的来自外界的参照物只有 B 和 C 的时候，当他内心深处真实的想法和 B、C 有冲突的时候，他一定是压力非常大的，也非常容易产生自我怀疑。这其实就是荣格所说的群众观念。

这时候我们内心深处就会升起一个问题，群众观念一定正确吗？其实真的是不一定的。比如我们前文讲过的纳粹德国时期，对犹太人的仇恨就是不符合客观现实的倒行逆施，可是当时持这种观念的是大多数人。假如你正好生在那个时期的德国，你们班上的所有同学都对希特勒崇拜得五体投地，只有你不崇拜他、不信任他，只要你稍加微词就会引出来自老师和同学们的猛烈抨击，这个时候你会怎么办？会不会产生强烈的自我怀疑，动摇自己的观念呢？会不会至少在某个时刻，想到是不是自己真的错了呢？你怎么知道自己的认知是众人皆醉你独醒，还是刚愎自用、一意孤行呢？虽然历史最后证明了纳粹德国的那一套救不了德国，但当时当下，谁敢预言那样的结果呢？

我们非常需要 D，即高于人类社会法则的宇宙万物的规律，也就是我们中国老祖宗所说的道法自然的"天道"。

打个比方来说吧，通常个人、社会和宇宙万物最和谐的状态就是，当个体 A 在顺时针转的时候，B 和 C 也在顺时针转，D 也在顺时针转，而且这三个层面都是以相对合适的速度在转，这个时候，大到宇宙万物，小到万物中的个体，都处于非常和谐美满的状态。这种宇宙大和谐的状态可能并不多见。有的时候是我们自己在那儿拧巴和较劲，不顺势而为，B、C 和 D 都顺时针转，我一个人偏要逆着转，这个时候你会觉得人生好艰难，世界的一切好像都在跟你做对，那就是你个人的问题了。当然，这种时候，因为个人的力量非常渺小，这个人通常也是作得急、死得快的命运。

还有一种情况，A 在顺时针转，D 也在顺时针转，可是 B 和 C 却在逆时针转，B、C 和 D 之间是矛盾着的。这个矛盾也有几种情况，一种是 D 在顺时针转，但是 B 和 C 停在那儿不转了，即你悟到了 D 的规律，但你所生存的社会已经停止发展、拒绝前进，跟不上整个世界的发展脚步。另外一种是 B 和 C 干脆倒着转起来，也就是开历史的倒车，倒退回去。还有一种，就是 B、C 内部发生了很大的混乱，你都搞不清楚它是顺着转还是逆着转，可能一会儿顺一会儿逆，这个时候怎么办？

既然 D 是宇宙万物永恒的、客观的发展规律，那么这个时候的 B 和 C，也就是我们所说的群众观念，就真的有可能是错的。人类社会经常集体犯错，比如两次世界大战、纳粹德国时期对犹太人犯下的种种暴行，这是集体性的倒行逆施，不是只有一个人两个人在作恶。宇宙万物有其自身的发展规律，个体也好，由个体组成的群众组织也好，我们都应该顺着万物发展的规律而为才对。对个体来说，能感知这种规律，主动地顺应它，已经很不易，如果你身处的社会环境里的群众观念是违反自然规律的，那么对于个体来说，要坚持顺应道法自然就注定更加艰难。

## 27 怀疑群众观念的信心和勇气

不仅个体会犯错误，群众观念也会犯错误。有时候，这些判断要在很多年后才能够验证。我们讲这些的目的，不是为了斩钉截铁地告诉大家一个判断一切事物对错的标准，而是希望大家除了能够看到自己内心深处有一个隐藏的自我，外部世界有群众观念的存在以外，还能认识到道法自然的存在。这是一种大于和高于群众观念的认知，是我们在内心深处建立的一个参照系，一个看问题、看世界的观察角度。我们之前说过，有个参照系的好处是，你错了可以质疑，可以对比，也可以有修正的机会。质疑谁？修正谁？当然是我们自己。我们不能只有社会群众观念这一个参照系，如果个体只有群众观念这一个参照系，那么它相对于个体来说，就太强大、太有力量和权威了，它可以把个体的独立意识和觉知碾压到无形，直接剥夺个体的自我。我们需要建立超越我们这个时代、我们的社会环境的认知，也就是对D层面的认知。当我们有了D层面的认知，并将此作为认知B和C的参照系的时候，个体才有可能怀疑和挑战B和C可能出现的错误。

只有这样，当个体对自己身处的世界做出一些判断，觉得大多数人犯了错误的时候，他才至少可以说，OK，我可以等等看，观望一下，我看看事态的发展到底怎么样。这样一来，他至少有可能避免被裹挟到集体潜意识中，跟着大家一起犯错误，这其实就是一个人的独立思想。用中国古话讲，他至少可以独善其身。但是，如果一个人的认知世界里只有 B 和 C 这一个参照系，那他是很容易被集体主义碾压和卷进去的。对于那些没有独立思考能力、特别容易被群体性精神病传染的人来说，这可能还不算痛苦，而对于一个有独立思考能力的人，如果他的认知没有建立 D 层面的参照系，只有群众观念作为自己渺小个体的参照系，那么，拒绝从众、拒绝被裹挟就会让这个人难以生存，在精神上处于十分痛苦和绝望的境地。在这个时候，有独立思考能力的个体要么被群众观念裹挟、个体的独特性完全被群众观念所绞杀，要么出现精神危机，甚至是毁灭。此时，如果能够建立起 D 这个高于人类社会规律的参照系，就可以带来一个好处，它的存在至少允许你对群众观念保持合理的怀疑。

## 28 天地不仁，以万物为刍狗

说到这里，我想问大家一个问题，当我们说宇宙万物皆有灵的时候，说道法自然的时候，这个所谓的“道”到底有没有慈悲？有没有善恶之分？

实际上它是没有的，所谓的“残忍”“邪恶”与“慈悲”“善良”这些形容词都不过是以我们人类社会的道德标准去评判的，是 B、C 层面上的。宇宙之大，万物之间自有其因果，它们都遵从自己的能量守恒规律。火山聚集了一定能量之后就会喷发，火山并没有好坏或者善恶之分，这才是 D 的本质，它没有好坏，没有善恶，也没有很多人类社会的道德标准，什么仁慈、邪恶这些统统都没有。《道德经》里说，“天地不仁，以万物为刍狗”，这个就是 D。我们中国人真的特别厉害，好早就明白了这些道理。那么，我们觉得做了好事应该得好报，即所谓的“善有善报，恶有恶报”，这又是什么？这是人类社会世俗化的愿景，这是 D 被世俗化认知后，人们总结出来的规律。

这也是为什么荣格认为人需要对 D 层面有一个认识，这是非常重要的。第一，你首先得知道有这个 D，有一个高于一切的宇宙法则的存在。第二，要知道 D 和 B、C 不是永远和谐的。第三，个体的独立思考，仅仅止步于思考群众和社会是不够的，有 D 的参照，你才有可能跳出群众观念的重重包围，认识到真正的自我。

## 29 宗教、信仰和信念三者的区别

讲到这里，一个不可回避的问题就出现了，如果你相信这个世界真的有一个超越人类社会的宇宙的法则存在，那么这个法则要如何知晓，谁又可以对其下定义呢？这个时候，我们就要谈到人类的宗教信仰了。宗教、信仰经常被放在一起，当作一个词来说，但其实它们是不太相同的两个概念，在我们聊这个话题之前，需要把这两个概念区分一下，荣格在《未发现的自我》里也特意用了一定篇幅来讲它们的区别。除了宗教和信仰，他还加进了一个信念的概念。接下来，我把三个概念放在一起比较、分辨一下，相信经过这番比较，未来你会对与此相关的一些事情有更清晰的思路。为了方便大家理解，我也把自己的一些个人体验贡献出来，供大家参考。

我大概是在十年前解决了自己的信仰问题，可以说，当我彻底解决了信仰问题以后，人生中许多的问题也确实随之解决了。经常有读者问我，水木丁，感觉你的内心世界很强大，好像特别坚定，始终蛮乐观的，你为什么会这么强大？我告诉你们一个秘密，这是因为我解决了 D 层面的信仰的问题。我建立了比较完整的认知体系，从 D 到 A 的对比和参照系，我始终保持着允许自己修正、批评和怀疑的态度，也是对待世界的一种开放和未知的态度，因此不太容易感到被颠覆和崩溃吧。

我是一个泛神论者，这个词听上去是一个很大的词，其实解释起来特别简单，那就是相信万物有灵，这个世界上万事万物都有自己的客观发展规律，相信有着高于人类社会的法则。这个法则，或者说规律，就是我们所说的“神”。世界万物是遵守着这个法则运转的，超出了我们人类的控制。而神在哪里？神就在一草一木中，在万物之中，我们每个人都可以在某一瞬间神明附体，因此世界上便有了奇迹。

泛神论大概就是这个意思，非常简单。用我们老祖宗的话讲，这就叫作道法自然，还有一个词叫顺势而为。泛神论的神，就是道法自然的“道”、顺势而为的“势”，其实也就是我们一直讲的D层面的法则。天地之间，一草一木都是神，你们也是神，天才是神，普通人在某种时刻也会有神性。比如，电视剧《请回答1988》里有一句台词：“听说神无法无处不在，所以创造了妈妈。即使到了妈妈的年龄，妈妈的妈妈依然是妈妈的守护神。妈妈这个词，只是叫一叫，也会触动心弦。”许多普通人就是在为人父母之后，他们身上的神性被唤醒了。作为一个作者，当我写作的时候，某一个灵感突然迸发，那也是神明附体的瞬间。我们常说一个人写得好叫作神来之笔，或者下笔如神。

但是严格来说，泛神论并不算是一种宗教，我们谈信仰的时候，需要分清楚信仰和宗教是完全不同的两个概念。泛神对应的是人格神，所谓人格神，顾名思义是指具有人格的神，包括将一些动物或者植物等形象人格化之后的神。宗教一般会有宗教典籍和教义、宗教仪式，有偶像崇拜，而泛神论并没有这些。我们经常说道法自然，相信道法自然不需要什么仪式，不需要宗教典籍，也不需要遵守各种戒律规矩。你只要去相信，去领悟就好。西方社会更多地把泛神当作一种哲学律论，泛神论者，可以说是有信仰、无宗教的有神论者。宗教是一种信仰，但反过来，信仰不一定是宗教。

以上我们说的是宗教和信仰的区别。宗教也好，信仰也罢，其实都是讨论 D 这个层面的问题。大家都相信神的存在，只不过人格神更加具象化，比如观世音菩萨，有偶像，有庙宇，有敬拜的仪式，人们通过这些来感知超越人类社会的更高的权威感，其实也就是感知 D，把 D 这个层面的宇宙万物的规律具象化、人格化。我举泛神论的例子，是为了给大家提供一个对比，方便大家理解 D 层面，理解宗教和信仰不完全是一回事。

下面我们再讲讲所谓的信念是什么？信念，简单地解释就是着眼于尘世生活的一种相信。比如说“有志者事竟成”“善有善报，恶有恶报”，这些就叫作信念。信念是很世俗化的一种期望，像“有志者事竟成”就是一种取得世俗世界成功的期望。这是一种个人的信念，信的人多了，也只是一种集体的信念，它其实是人们着眼于世俗生活、根据自己的期望和愿意相信的因果规律总结出来的。但是，在道法自然的层面，是不是这样的因果，其实由不得人类。它只是信念，而不是信仰。

## 30 什么是宗教世俗化

简单地解释完这三个概念之后，我们再回到 D 这个层面上来看，荣格提到了一个词，叫作宗教世俗化。他认为宗教本来应该帮助人类，在超越人类社会、道法自然的层面去认识世界。它应该帮助人们认识到，在人类社会之上，世界万物自有其发展规律，有一个更高的权威。人们应该敬畏宇宙万物的发展规律，研究、学习并且遵循这个发展规律，也就是我们老祖宗所说的，要顺势而为，一是要看得懂这个势，二是要懂怎么顺。不仅是我们个人要顺应天道，人类这个集体也应该顺应天意，不可倒行逆施。但是，由于一些客观现实的需要，人类内心世界的欲望需要满足，大多数人的智识和领悟力无法达到这个程度，宗教就呈现出往下走的趋势，反过来去迁就人类这些世俗化的愿望，去配合人类社会的需求进行了一些改变，这就是荣格所说的“宗教世俗化”。比如说，很多人去寺庙烧香拜佛，是希望实现诸如“生意兴隆”“身体健康”“孩子能考上个好大学”之类的世俗愿望，不是为了去了解自身和世界，只是为了世俗的期望得到满足，这就是宗教世俗化的体现之一。

荣格认为，在宗教越来越世俗化之后，从前人们相信的 D 层面的这个至高无上的力量也被一种世俗化的方式诠释、认知，甚至是利用了。这样，原本它能够给人的心理上的那种依托力量就被削弱了。宗教信仰本应该是这个世界上最能帮助个体与群众观念相抗衡的一种内心力量，但在世俗化之后，它发展出了另外一种功效，即向人们做出许多满足世俗欲望的许诺。你烧香拜佛，表达你的虔诚，你的世俗愿望就可以得到满足。这样一来，它与群众观念对抗的功能，在一个人的认知世界里建立坐标系、给人力量、让人敢于独立思考、支持人寻找宇宙终极奥义的那个支撑功能就没有了。它反倒变成为个体达到群众观念所规定的世俗生活的幸福标准而服务。这样一来，人在心理层面上就没有办法再从信仰中吸取更多的力量了。

由于宗教的世俗化，它反过来降格了，它走进世俗社会以后，变成了对世俗社会的迁就，变成了一种世俗化的轮回果报，于是人们误认为只要虔诚地求神拜佛就一定会有世俗意义的果报，做好事捐了钱财就可以心愿达成，如果没有达成心愿，就会很轻易地放弃“信仰”，质疑 D 的存在。当人们把对 D 的信仰变成满足世俗愿望的信念时，它能带给人们强大内心力量的作用反倒弱化了。D 的存在，对 D 的信仰，无形中被 B 和 C 湮没。对宇宙万物、道法自然的信仰不知不觉地被对世俗社会的信念和愿景偷换掉了。

这个世界上有一些有信仰无宗教的人，也有一些有宗教无信仰之人。当宗教被世俗化，D 不能真正成为人们的信仰的时候，我们之前所说的那三个层次的坐标系其实也就不存在了。

## 31 世俗社会对人身心健康的重要性

换个角度讲，我们任何人都不能离开社会独活，有些人觉得人类社会太肮脏，每天看到那些负面的事件发生，生存又确实很不易，这些对他们的心理都造成了很大的折磨和打击，于是他们就想避免和社会接触，成天缩在家里面。一个人如果这样生活，心理确实是容易出现问题的，因为他没有跟这个世界有一个能量的互动。人的精神能量就像水一样，需要流动，越流动越有活力，如果不流动，就只会渐渐变成一滩死水。并且，人也需要以他人为镜，照见自己，给自己一个认知的参照系，以帮助自己确立自我、证明自身价值。

个人的生活过于封闭，出现精神问题的概率就会大一些，这其中一个是精神能量流动的问题，一个是因为没有参照系，没有办法确立、证明自身价值，没有办法修正自我认识的偏差。社会性其实是一个人维护心理健康的正常需要，对个人的自我认知也是非常重要的。大家不要过于嫌弃世俗，或者在世俗社会遇到一些挫折就遁到深山老林里去，我们还是要走到更广阔的天地去和这个世界有那么一些接触。

我想大多数人都懂这个道理，但是话说回来，当你真的走出去了，你势必会看到这么多战争、贫穷、罪恶、黑暗，确实非常容易感到沮丧和悲伤，这个时候你该怎么办呢？当你不仅仅是在网络上围观，而是自己遇到这类事情的时候，面对那些压力、嘲笑、种种不公平，以及各种各样的诱惑，你又该怎么做选择呢？

## 32 个体是如何通过信仰获得力量的

当然，少数有悟性的人会从 A 看到 B 和 C，并且能够感知到 D 的存在，真正从 D 的存在上获得内心力量，他们甚至能参透宇宙的法则，洞悉 D 的秘密，比如佛祖他老人家。但是，对于我们大多数普通人来说，D 到底是什么啊！真的很令人困惑。这就是一个朋友问的问题，我要怎么知道我观察到的那个规律肯定是对的？毕竟这个世界上说自己是天道代言人的神棍也不少啊，要不怎么出来那么多邪教组织呢。那些邪教头目，可能也是真地相信自己就是天道的代言人，是天选之人，但其实他们是精神不正常。

这个问题在本书后面还会详细地讲，在这里，我们先回到坐标系、参照物上来。对于普通人来说，坐标系和参照物才是最重要的。因为有了坐标系和参照物，当你遇到和自己的认知不同的群众观念时，你至少会允许自己产生质疑，允许自己去分析、观察，甚至耐心等待结果，也允许自己反对和批判群众观念。与此同时，你也允许自己的认知被质疑和修正，能够跳出自以为是的囹圄去判断自己的认知。只有当你能够认识到 D 的存在，当你建立了这个坐标系的时候，你对群众观念的质疑和批判才不是赌气和叛逆。人在这样的情况下，才可以说是真正地保持了自己的个性。因为你相信在自己和社会之上，还有一个万物有灵的第三方，你无论对自己，还是对他人、对社会，都能够保持开放的心态。你当然有可能错，也有可能对，但是心存怀疑意味道着你是可以修正的。所以，“允许”是个很重要的态度。

比方说，现在主流的群众观念认为，一个人如果不结婚生子，晚年就不可能幸福。这里的“幸福”，是一种群众观念中的标准化模式，这个模式用视觉化呈现出来是什么样子呢，就是过年时候的那些合家欢广告上的老年人，他们就是人们心目中幸福晚年的样子，是社会劝每个人应该朝之努力的方向。但我们知道，人和人之间的差异是很大的，不是每个老年人都喜欢热闹，都去跳广场舞，都喜欢带孙子，年轻人有不同的个性，老年人也是如此。那么，当一个人说不结婚生子老了之后就不可能幸福的时候，这只是一种群众观念，而不能称之为客观事实，因为幸福是个体内心的感受。

社会把个体视为一个数据、一个社会单元，而个体又有从众心理，当个体接收到这种群众观念所规定的个人幸福标准时，大多数人会要求自己去达到这个社会标准，做一个群众观念认可的“正常人”。

但是，如果你是一个知道 D 存在的人，你就会明白，越来越多的现代人选择单身，这本身就是人类文明高度发展的产物。比方说，女性的经济地位、受教育程度都提高了，科技在日常生活中飞速发展，城市文明所提供的服务让个体不一定非要依赖婚姻才能更好地生活。正是这些生存条件产生了根本的变化，人们对他人的依赖性在减少，才使单身的人越来越多。也正因为如此，城市里的单身人士会比农村的单身人士更多。越是文明发达的地方，女性单身的越多，未来 AI 技术会以几何倍数的速度发展，对中国人笃信的养儿防老也会有很大的冲击，我们生活的世界有很多变化都不是个人观念造成的，而是整个世界按照其自身规律发生了变化。B、C 遵从 D 的规律出现根本的变化，A 的观念、行为才随之改变。

这些其实都是 D 层面的规律。当你在群众观念以外还有 D 这个参照物的时候，你可能会意识到，这是整个社会未来发展的趋势，而造成这种趋势的正是人类自身，这就是道法自然。作为这茫茫宇宙中人类渺小的一员，你选择单身，并不是你自己出了问题。我们再来设想一下，如果一个人并不知道 D 的存在，又不敢怀疑群众观念，偏偏他可能一直没有找到合适的人结婚，也不愿意将就，周遭的压力就会让他非常苦恼，这就很容易产生自我怀疑和自我厌弃。

这就是宗教信仰和群众观念的抗衡力量。这种抗衡是在个体内心深处发生的，一个真正有信仰的人，内心就会获得与 B、C 抗衡的力量和勇气。如果宗教信仰可以发挥它真正的作用的话，就能够帮助个人建立起和群众观念抗衡的勇气。

既然是抗衡，作用力就是双向的，反过来，一些比较独断的群众组织会倾向于吞掉个人身上对 D 这个层面的感知。因为个体成员对 D 真正有所感知后，他就可以建立一个坐标系，可能就会获得和群众组织相抗衡的力量，甚至怀疑组织要求的那些标准。群众组织吞掉个体感知 D 的能力、破坏掉这个人建立比对和参照的系统后，它吞掉的其实是这个人质疑群众观念的能力。在这之后，它多半会再用一种狂热和狂信来补偿这个人，在这样的情况下就会有半神半人的偶像出现，比如希特勒。当我们身处这样狂热的人群之中的时候，几乎所有人只相信一个“真理”，这也是纳粹德国的群众基础。

有朋友要问了，我也不希望我对D的感知被吞掉，但是这个对D的感知到底是什么啊？我都不知道它是什么，我怎么去警惕它被吞掉呢？一个朋友说，D就是一种感觉。这么说也对，也不对。感觉这个词，我们在中文的语境里细琢磨一下，就会发现它在不同的语境里释义是不一样的。当我说我觉得悲伤、快乐时，这是对一个人情绪情感的客观描述，但是当我们说“我感觉这个事不对”或者“我总觉得有什么事要发生”的时候，这就是一种感知、直觉。你在说这种话的时候，可能没什么证据，也没什么逻辑，说不出理由，但是你仿佛就是知道点儿什么。

第一种感觉，即个人的喜怒哀乐，没有标准，也没有坐标系去实现纠错功能。一个人的母亲去世了，即使他并不觉得悲伤，这也只是个客观的事实，你不能用简单的对错来评价他。第二种感知则可以判断出你的结论的对错。当我们感知到一些道法自然的规律的时候，我们得到的这个结论是对还是错，理论上总会有一个结果，是可以求证的。只不过有些结果要花很长时间去印证，可能超出了我们人类所能等待的时间。宇宙的奥秘，有一些是我们有生之年不会知道的，但也有一些结果其实你是可以感知并且见证的。

## 33 认识世俗社会，也是认识道法自然

那么你对D的感知到底是对的还是错的呢？荣格说，D可以作为B、C的坐标系，反过来我们对D的感知也可以用B和C作为坐标系和参照物。比如，在纳粹德国时期，肯定还是有一些人没有被当时的群众观念洗脑，他们知道希特勒是个疯子，而不是神。二战以后，人们可以通过总结经验教训，对历史、社会、心理学各领域进行深入研究，用这些逻辑思维的方式得出各种结论，尽力防止悲剧再次发生。但是，当时的人类社会没有经历过这样的事，许多人可能没念过什么书，讲不出什么大道理，但是他们凭直觉就知道这一点，这种感觉和当时的群众观念就是相左的，他们默默地将它放在心里，影响着在那段时间里所做的很多决定。很多年后，事实证明了他们是对的。反过来，在希特勒的感知世界里，他一定认为自己所做的一切都是为了德国好，这也是他对D的感知，最后的结果也会得到现实世界的验证。有一点我们可以肯定，就是无论你用逻辑思维的方式，还是用直觉的方式，想做到正确率百分之百都是不可能的。

正因为我们对D只能是尝试着去感知，因此我们也同样需要B、C作为参照物，这是非常必要的。我想，你们本人或者你们身边可能会有这样的人，他内心很痛苦，并且觉得是这个世俗的世界让他这么痛苦。一方面，他在社会上得不到承认，

另一方面，他也嫌弃世俗世界肮脏，决定不要跟B、C接触、沟通。他拒绝融入社会，也拒绝和世俗沟通，整天缩在家里，不跟人来往，过着完全与世隔绝的生活，然后试图在这样的生活中找到自我。还有一种人，群众观念和社会都让他觉得痛苦，他也相信冥冥中一定有D的存在，于是到处去寻找D的能量，比如今天去上个灵修课，明天去参加个辟谷，这也不是不可以。但是，如果在社会上受到挫折就出家，不上班、不工作，再也不干任何具体的事，不肯踏踏实实生活，天天在那儿搞灵修、禅修之类的，想借助这些方式找到传说中D的能量，拎着自己的头发拔地而起，从此远离B、C，逃离社会，逃离群众观念，那就不可取了。这样的人就会特别容易被一些邪教组织洗脑，迷信宗教威权，最后走火入魔。他们有个本质的问题：宗教信仰和群众观念的抗衡是相互的，只单方面追求D层面的感知能力，依然没有建立起一个完整的坐标系，没有怀疑和质疑的精神，也就没有个性，没有建立起真正的自我，缺少独立思考和辨识客观世界的能力。在这里我要多说一句，怀疑精神其实是令人痛苦的，很容易让人感到虚无。真正有自己独特的个性、和别人不一样也会令人痛苦，因此很多人在潜意识里并没有他自己以为的那么想成为一个有个性、思想自由的人，盲从在他们的生活中是必然发生的，不是盲从于这个，就是盲从于那个。除非他真正建立起自己的坐标系，可以通过自己的眼睛去观察，用自己的头脑去思考，用自己的心灵去感知，否则你把他从一种盲从的状态中拽出来，他是很迷茫和痛苦的，一种"上不着天，下不着地"的痛苦，他会再去找一个思想上可以依附的"master"（大师）。

道法自然的道是个很抽象、很虚的东西，对于个体来说，当一切因果没有真正发生之前，我们常常需要依靠经验、依靠内心世界对D的感知来预判。我们有可能对，也有可能错，有可能在这种情况下是对的，但在另一种情况下是错的，一切都有可能。当你自认为发现了一条D层面的规律的时候，一定要有个清醒的认知，即我们的结论是需要以A和B作为坐标系进行对比的，也就是我们经常说的，实践是检验真理的唯一标准，而不是某个权威的力量告诉你的就是真理。我们学荣格，荣格说得对不对，我们在现实生活中也可以去看，去运用，去检验。虽然荣格是大师，但他也依然应该接受实践的检验。

当然了，许多灵修到了走火入魔的人，可能也就丧失了修正自己和保持怀疑的能力，被自己困住了。有些搞灵修的人天天特别仙，什么具体的事都不干了，一说起话来全都是云里雾里，看上去特别高端。人在遇到特别巨大的痛苦和无常却无法解决的时候，确实很容易一路狂奔地冲向D，希望得到高于人类社会的更大的力量来支撑自己，这是可以理解的。但是我们之前讲的A与B、C，还有D是同时客观存在的，我们追求的是能够达到三者和谐运动的关系，这三者之间力量的抗衡是为了最终互为参照，互相平衡。只有这样，人才能不拧巴，坦然地接受自己，把内心深处的矛盾冲突控制在一个不那么失衡的状态。我们希望保持的是这样的状态，而不是暴烈地通过 D 的力量去灭掉 B、C，或者让 B、C 去吞噬 D。以这种暴烈的方式，最后是不可能达到和谐的。世俗社会本身是宇宙万物、道法自然的一部分，怎么可能被灭掉呢？个人既是社会的一分子，也是宇宙万物的一分子。这么暴烈决绝的方式，最后撕裂的就是我们的心灵。

因此，我们的观念千万不要太绝对化，从认知的角度来讲，我们既需要有对社会的认知，也要有对宇宙万物的感知，特别是不要把 B、C 和 D 完全地、绝对地对立起来。要有对道法自然的觉知和敬畏，这个时候人才会真正怀有谦卑的平常心。同时也应该把社会看作宇宙万物的一部分，我们每个人都是社会的一分子，也是宇宙的一分子，没有世俗社会，就没有我们今天赖以生存的一切。不要嫌弃世俗社会庸俗，了解世俗的社会亦是了解宇宙的规律。

荣格在这篇文章里只是强调了要用 D 作为 B、C 的参照，我个人认为，B、C 反过来也应该是 D 的参照，或者更准确地说，是我们对 D 的感知的参照。一个结论到底对不对，由谁说了算呢？许多人会需要一个老师，但是我认为实践比大师更有说服力。你对道法自然的感知是对还是不对，最后都要通过实践去证明。当然，这不等于说我们不需要大师，因为很多规律也是经过了漫长的时间、几代人的等待和苦苦探索，才最后被实践证明是对的，而且即便这样，能够看透其中一些因果关联的人也是少有的，这就是大师。大家看影视文艺作品里的大师都是老头，或者是活了几百年的精灵。这种形象的象征意义其实就是暗示他们活得足够久，他们内心感知到的 D 层面的东西是经过时间、实践验证，去伪存真的。当然了，不是所有人活得足够久就能当大师，有的人年轻时候是小糊涂，老的时候是老糊涂，有的人悟性虽好，但心术不正，悟出来一点儿东西就托着白胡子出来四处行骗，这也是有的。

## 34 信仰是人类的一种本能

荣格在论证了这些之后，得出一个结论，那就是其实人们内心都需要 D 的存在，作为一个比社会和群众观念更高的权威，D 具有和群众观念相抗衡的力量。他进而认为，信仰是人类心理需求的本能，也就是说，人对信仰有着天生的热情，人们倾向于在群众观念之上去寻找超越社会这个层次的力量，给自己一个精神支柱和依托，来抵御社会和群众观念对心灵的那种压迫感。

世界上的各种宗教形式自不必言说，尘世上其实还有很多信仰的变体，比如我们所说的偶像崇拜。现在粉丝文化盛行，很多人不理解，为什么粉丝们会对偶像崇拜到那样狂热的程度。实际上，从心理层面来说，这类似于一种宗教信仰。举个例子，几年前，许多十四五岁的青少年特别喜欢鹿晗。从发展心理学的角度来讲，十四五岁是一个人的青春期，我们也称之为叛逆期。青春期的青少年对来自家长、社会的约束和压力特别敏感，他突然意识到自己是一个社会人，老师也要管我，家长也要管我，身边的同学都会评判我。对于自己以外的 B 和 C 的世界，他感到压力和束缚，同时又对它的诱惑充满好奇，这个时候他的自我就会从自己的那个小世界出发，向外拓展，从心灵层面去寻找一个超越 B、C 的力量，而这个形象又是 B 和 C 的社会公认和接纳的成功的形象。

鹿晗的相貌比较精致秀气，中国的青少年受二次元文化的影响很大，鹿晗的形象很像漫画里走出来的人物，而二次元文化本身就是对现实世界的一种对抗。另外，他正好跟我们这个父权社会所崇尚的成年男人的形象是非常不一样的，和传统的对男青年的设定也不一样。他的形象看上去是没有攻击性的。这个形象本身成了一种对传统观念的平衡和对抗，但是他又以这样的形象获得了世俗社会的成功，被许多年轻人喜欢。这其实就是这部分粉丝内心世界的投射，很多偶像崇拜都是在寻找自己的一个精神寄托，是一种自我在外界的投射，是寻找超越 B 和 C 束缚的更大的力量。再比如说，我们看到天才运动员、艺术家，会感受到道法自然的神迹在这个人身上显现了，也会感到一种超越 B 和 C 的力量。偶像崇拜、粉丝文化其实就是宗教信仰的低配版。我们可以换个角度去理解，人的心理都是有自己的原因的，这个世界上并没有无缘无故的爱。

再比如说乔布斯，他年轻时吃素，去印度灵修，对佛教有很深的研究，他其实非常懂得人对宗教信仰的那种天生具有的需求。苹果的产品当然是好，但是它不仅仅是因为产品好才达到今天这种成就的，乔布斯赋予了它一种接近精神信仰的象征意义，这比给一个产品赋予人文精神还要厉害。乔布斯生前一直穿着黑 T 恤、牛仔裤，这固然可以解释为节省时间、提高效率，实际上他更是把自己打造成了一个偶像。这个形象在他生前死后都深深地留在了人们的记忆中，成为一个经典的形象，他这样做，就是把自己打造成了一个“神”。在这方面他真的是一个天才，他的视角是超越世俗的。

人需要有信仰，这是一种生存本能，只不过它不一定以宗教的形式出现。有像我这样的泛神论者，有宗教信徒，有追星的粉丝，还有一些拜科学教的人，以及那些把爱情、伦理道德等当作信仰替代物的人，总之大家其实都在寻找信仰这个东西，哪怕是希特勒这样的人，从某种意义上来说，也曾是行走在人世间的“神”，虽然最后他被证明是魔鬼。但是，不管你认为这些人是魔是神，还是欺世盗名，他们一定是以不同的方式满足了不同领域的人们精神信仰的需求。他们在群众中的心理基础其实是一样的。

## 35 宗教世俗化后的群众组织

既然追求信仰以各种变化形式存在于我们这个世界上，那么以这种精神追求为动力的各种群众组织也会自发地形成，然后事情就会开始慢慢起变化。某些巨大的群众组织开始倾向于剥夺组织内部成员的权利，要在精神上瓦解和摧毁你的个性，个人主义不再被允许，群众组织会自发地出现核心阶层，统一行动，统一听指挥。比如粉丝自发形成的组织，它没有任何政治目的，只是民间的群众组织，但也会随着组织的壮大开始有组织构架，有统一的群众观念，有领导者，有权力阶层分布，来管理组织成员的思想和行为。哪怕是在民间组织里，太有个性和质疑精神、不太听话的人也会慢慢变成不受欢迎的人。

个体如果保留自己的个性，直接"僭越"B、C，独立通过自身去感知D这个层面，那他很可能是个怀疑论者，会反过头来质疑任何组织的正确性，也就是我们所说的群众观念。也许他的质疑并不对，但是他会不断质疑，这样的人，就成了组织的麻烦。群众组织一般都会不断强调共同体的概念，这种共同体的概念反过来也会造成个人的痛苦，会造成人和人之间的不信任，导致内部争斗越来越严重。

在宗教世俗化以后，某些宗教组织也变成了世俗化的群众组织，它们会不断地强调集体、共同体的概念，也同样会试图抹掉个体的个性。真正能够和群众观念抗衡的是道法自然，这恰恰就是我们生而为人的个体性。需要强调的是，这里所说的个体性是指相对于任何群众组织都保持个性和独立性，而不是为了反对A团体，融入B团体的这种对抗。只有当一个人保有自己的个性，他的心灵才是真正开放的，他才有可能真正地感知D的存在，而不是被群众组织所裹挟，盲从于群众观念。这里所说的个体我们也可以这样理解，个人主义本身就是群众观念、统一思想的敌人。日常生活中，那些真正独立的人有时候会发现，自己虽然不依附于任何群众组织，只想做一个无所事事的散漫人，貌似并不危害集体利益，但依然会被群众组织视为异类，这是因为对于一些群众组织来讲，强调个体认知本身就是对群众观念的一种瓦解，这些人的存在本身就是对群众组织的反面影响。

## 36 没有个体意识的人，无法得到救赎

荣格对个体的倾向性已经十分明显了，其实这也很好理解，因为在个体和群众的抗衡中，力量对比悬殊，个体是弱势的一方，常常被社会观念碾压而过，却毫无还手之力。社会的观念和压力正是造成许多个体心理疾病的重要因素。心理学家常常要站在来访者的背后，帮助他们找到平衡和对抗那些压迫他们的群众观念的力量。当然也会有很多人提出相反的意见，比如最常见的一种说法——统一思想会提高效率，避免一盘散沙，

不在做决定的时候耗费精力做没有必要的纠缠。

这些看法荣格也考虑到了，他认为：

> 在共同体中的个人身上根本不可能发生真正的本质的变化。所以不管这种变化的结果是好是坏，情况都是如此(总之他是不太容易变的)。个人身上的本质变化只有在个人与个人亲自接触的过程中才能产生，而绝不可能从共同体的洗礼中产生，因为它们均没有触及人们的内在世界。

这段话的意思是，当一个人完全丧失了个体的自由意志以及自我认知的时候，他其实是没有办法真正去观察、认识自己并且反省自己，从而产生本质变化的。比如说，有些人相信社会的标准化幸福，别人有的自己也一定要有，如果他达不到这个标准，内心就会非常痛苦。你希望这个人像我们前文提到的那样，能够以 D 为坐标系和参照物，对群众观念保持一种开放但有所保留的怀疑者的心态，你想帮助他在内心深处获得力量感，就会特别难。如果这个人相信共同体且已经完全被共同体同化，没有自己的个性，那么不管怎样，他都很难产生任何实质性的变化。哪怕共同体已经衰退，甚至消亡，不能再保护他了，他也还是会作为共同体的一部分，生活在这个世界上。有趣的是，那些有自己的个性和自由意志的人往往适应社会的能力更强，反倒是那些将自我湮没在组织中的人，在被组织抛弃或者组织日渐衰败时，会无法适应新的社会、新的时代。

对于共同体更有先进性以及更有效率的说法，荣格认为，这确实是一个客观现实，因为“你所拥有的任何经济原则，只要你完全做好了承受它所带来的各种牺牲的准备，都可以付诸实践”。这确实是节省时间和精力的，但作为心理学者，他在承认这个事实的基础上，也提出了自己的看法。他认为，从长远来看，一个共同体所能创造出来的价值，以及这个共同体未来长期的发展，取决于这个共同体里面的个体的才能是否能够充分发展。当一个人没有个性的时候，实际上他也没有个人意识，因为他把一切托付给了群众。他不需要创造，也不需要为自己的行为负责，因而会做出那些狂热和不计后果的行为，这在社会心理学中是经过证实的。我们在日常生活中也会观察到，当个体被集体情绪所感染，对集体产生了从众心理，就会做出许多他一个人的时候不会也不敢做的事。因为他的行为既被群众所影响，反过来也被群众所保护。越是让每个人都意识到自己选择的结果可能影响到整个共同体，个体才会开始认真地承担起自己行为的责任。荣格认为，当一个共同体不让内部的个体发展其个性的时候，这个共同体内就会有一群蠢人；当一个共同体觉得都是愚蠢的人才好控制、不蠢的也要让他变蠢时，从长远来看，这个共同体自己的发展也终究会被抑制。

以上是从共同体发展的角度来讨论的，那么回到我们自身又是怎样呢？一个人想心灵健康成长，没有真正的个人意识、没有独立的完整的人格、不能真正地认知自我也是不行的。我们每个人都生活在社会之中、人群之中，没有人生活在真空里，因此我们无时无刻不在和周围的群众观念打交道。特别是在小时候，当我们还不够成熟、自信，还没有确立真正的独立人格的时候，更是难免会受到群众观念的影响和同化。这里面当然有好的，也有坏的，许多群众观念会对我们造成伤害，成为束缚、压制的力量，对我们的个人生活影响深远。一个人对自我的认知非常重要，只有认识了自己，你才能在你和你所在的共同体之间划出一个界限，才能够把自己真正想要的东西从群众观念里面择出来。如果你没把自己当成个体，也就不知道怎样把别人当成个体，怎样在个体与个体之间的互动和交流中去认识人、看到人和了解人，你就没有办法解决自己内心世界的问题，也没办法解决和他人的关系问题。正如荣格所说的，“个人生活是唯一真实的生活”“所有真正实质性的改变只能在个人和个人之间去接触，你自己才能发生改变，对方才能发生改变”。

当然，认识自我，分清哪些是自我的意志，哪些是集体的意志，这对于我们每个从小受集体主义教育长大的人来说，是一件非常难的事。而且有些人会问了，我真的分清楚了，就不需要服从集体的意志了吗？这当然是不可能的，我们毕竟生活在各种集体之中，要上学、工作、社交，个体也需要社会支持，需要集体。但一个人如果能够在心理层面分清这些，他就不会完全无意识地被群众观念裹挟，那么至少在自己的生活中，当个人利益和集体利益发生冲突的时候，他可以做出选择，尽量地去成全自己，减少一些不必要的痛苦。在集体生活中，当他和集体的利益相违背的时候，或者通过集体成为既得利益者的时候，他能对自己所做出的牺牲和得到的利益心中有数。他也有能力选择离开对自己有伤害的集体，加入真正适合自己的集体。只有在这样的情况下，他才能够看清楚自己的一些心理上的动机、行为方式等，才有机会解决自己心理上的问题，从而得到成长。

第四部分

# 西方人在宗教问题上的观点

## 37 集体性精神错乱

在本书最初，我曾经把《未发现的自我》的目录单独拿出来讲了一下，为什么荣格这篇文章的结构是这样设置的，群众观念、宗教信仰这二者和我们认识自己到底有什么关系。由此可见，荣格是非常看重信仰的，他认为信仰是人的一种精神需求的本能，主要作用于人的心理世界，而非帮助人们去实现世俗层面的现实目标。当然，他在这篇论文里重点谈论的是以宗教形式解决信仰问题，因此我们也把宗教、信仰两个词放在一起讨论。但这依然是两个不同的概念，我们在前面已经解释过了。

荣格生于 1875 年，在 1961 年去世，他经历了两次世界大战以及心理学最初的迅猛发展阶段。特别是第二次世界大战之后，当时许多的心理学者都对二战时期德国人的内心世界到底发生了什么非常感兴趣。研究纳粹德国时期群众心理的书很多，荣格的这篇文章也是其中之一。他有个非常重要的观点，即西方社会之所以发生这样的人性裂变，一个根本原因是在现代文明的社会发展过程中人们信仰的缺失。

当然了，荣格所讲的信仰缺失和现在人们日常在微博上发牢骚时说的那种信仰缺失不是一回事，它不是所谓有信仰的人会惧怕遭天谴、遭报应，要行善积德之类的理解，而是在人们的内心深处，有一个 D 层面的坐标系，可以帮助个体检视自己的行为，当社会出现集体性精神错乱的时候，他的内心深处有一个支撑着他保持清醒，和疯狂的群众观念相抗衡的更大的力量。荣格指的是这个坐标系和参照物的缺失，是个人内心世界里能和群众观念抗衡的依傍的缺失。

我们任何一个人都有从众心理，再清醒、再理性的人，也难免有犯糊涂、神不知鬼不觉地被大众带着走的时候，我自己也曾经有过。早期刚上微博的时候，也曾看到一条消息就不假思索地转发，结果一不小心传了谣。这个事我们很多人都做过，现在虽然已经很少了，但也并不是一天二十四小时都能保持警惕性，哪怕是再理性的人，偶尔也还是会不小心中招。这是因为我们缺少判断事情的头脑吗？还是因为我们缺少经验？都不是，其实是许多谣言在某个瞬间击中了你内心的那个情绪点，导致你在看到它的时候一时情绪上来，不假思索地随手就转发了。转发这种行为其实是你在表达一种情绪，也可以说，你是被自己的情绪左右了。

很多人，尤其是许多受过教育的人会认为，我可以靠理性和道德去避免这种集体情绪化，但是无数事实说明，用理性和道德去压抑人的情绪情感，常常只能起一时的作用。特别是当这种情绪情感集体性大爆发的时候，会更加难以控制。而且，这种集体性精神错乱还常常以一种理性的方式呈现，这也是为什么以理性著称的德国民众会识别不出希特勒是一个疯子，就是因为当时的不少德国民众也是精神错乱的。

如今，我们任何一个普通人都可以通过社交网络观察到人类的这种心理状态。比如，某个明星的言论本来很正常，但由于一些人开始煽动带有敌意的情绪，然后成千上万的网友就跑到其微博下面攻击谩骂，逻辑很混乱，情绪很激动。随便点开几个网友的主页去看看，可能会发现他发的最后一条微博是几年前的。这就是一群已经被磨灭个性的人，躲在一个集体的行为之中发泄情绪，而不必为自己的行为负责。荣格说："我们面临的不是一个可以用理性辩论和道德争论所能够征服的社会局面，而是一个由时代精神反思产生的情感力量和思想观念的宣泄与爆发所左右的世界。"

虽然荣格这段话说的是他当时所处的西方世界，但是大家看看我们周遭，就会发现这对于现代社会的群众心理也同样是适用的。有时候，我会尽量理性地分析和回顾某些社会上发生的事，但从我个人得到的反馈来看，在集体情绪被煽动的情况下，想进行理性探讨的可能性很小。荣格是对的，他说："理性反思作用能够对这些力量和观念产生的影响并不十分强大，至于道德规范对它们的影响则更是微乎其微。"我个人的读者喜欢看我退一步的观察，冷静下来再去分析问题，那是因为他们本人都保持了自我的个性，是会用这样的方式方法看问题的人。这样的人在当今社会中本来就不多。而像希特勒这样的人，他非常善于用简单的语言，去对民众的情绪情感进行操控。在这方面，他确实是个天才，他并不是通过逻辑、思想、哲学的思辨去说服听众，而是通过情绪情感去感染听众，直击人们的心灵，他的追随者非常多。

## 38 信仰的个体经验

我们也可以反过来思考，为什么希特勒可以成功利用德国民众的情绪呢？因为那些个人的情感力量本来就在那里。在人们的心里淤积了很久的情绪需要宣泄和爆发，一旦有人拉开这个导火索，让周围形成一个情感宣泄的大环境，人是很容易在毫无意识的情况下受情绪左右、跟着大多数人走的。

在这样的时刻，本来信仰应该起到和群众观念相抗衡、促使集体中的个人去反省的作用，但正如我们之前所说的，宗教世俗化让人们的信仰变成了一种世俗功利的信念，反过来为群众组织和群众观念服务，很多宗教团体的性质也早已变成了一种群众组织。当群众观念和道法自然发生冲突的时候，本来应该帮助人们建立坐标系、看透道法自然，给个体内心一个强有力的支撑的功能，变成了要“报效恺撒……”

在这样的情况下，宗教组织也会像许多群众组织一样，不希望个人用自己的体验去感知 D 这个层面的规律，去认识道法自然。A 的内心那些真实的个人体验本来应该作为信仰的基础，现在却被否认了。于是信仰变成了另一种不加辨别的盲从，反过来去压制个人感受，不允许个体对群众观念保持怀疑的精神。

从另一个层面来讲，我们每个人对宇宙万物的认知既包括大量的知识和经验，也会有各种情绪情感，特别是人类内心世界的情绪情感，它们并不是靠学习知识，靠理性、逻辑推理、概念讨论这些方法能够获得的。知识是可以写在书本里去传授的，是可以解释的，但是情绪情感却不能。这个世界上虽然有共情这一说法，但我们都明白，每个人的感受终究是只属于自己的。书本会试图教给你谈恋爱的知识，但是它永远无法代替你第一次接吻、第一次做爱的时候那种感受。你可以教授育儿知识，但是一个母亲对自己孩子的爱与怜惜是自然而然产生的情感，不是依靠书本知识习得的。一个高知女性未必比一个农村妇女对孩子更有爱，这些个体感受无所谓对错，也不能靠教去传授。

信仰的个体经验里也是有许多非理性因素的，它们在人类情绪情感的世界里起着非常重要的作用，比如，父母对孩子的爱就是让一个人体验到牺牲精神、利他精神的重要途径。很多人生了孩子之后，在为人父母的过程中被孩子改变，他们从对孩子的爱中体验到了从前没有过的复杂感受——责任感、牺牲感，还有对失去的恐惧，从中寻找到了生活的意义，更是在辛苦养育孩子的过程中，感悟到了什么叫作道法自然。

这种情绪情感的体验和宇宙万物的联结感，并不是读育儿知识的书可以代替的。信仰也类似于此，因此当人们被灌输太多关于信仰的知识，开始用大脑去思考信仰，而不是用心去感受宇宙万物的时候，“信仰立刻在头脑中化为乌有了”。因为非理性的因素根本不可能和强大的逻辑推理相抗衡，内心的情绪情感很容易被理性压抑和否定。

## 39 信仰在心理上的意义

荣格很反对逐字逐句地去用逻辑和知识解读宗教信仰中的话，而是主张象征性地去理解一些故事和神话，这样就不会和知识发生冲突了。比如耶稣复活，不是按照非常现实的角度理解，而是从象征性的角度理解，就完全不同了。

无独有偶，我曾经看过净空法师讲课的视频，他讲到了佛教里的“开光”，开光并不是人去开佛像的光，而是向大家介绍这尊佛像代表什么意思，让佛像开启普通人的智慧之光。每尊神都有他的象征意义，比如释迦牟尼佛，释迦是仁慈，牟尼是清净，把他供在家中，每日看到他，就是开自己的光，我对自己要清净，对别人要仁慈。佛是最好的教育家，因为用说教的方法去劝人太唠叨了，用佛像作为一个象征，可以用这种方式提醒世人要慈悲。净空法师的这种说法其实和荣格提到的象征的方式不谋而合。信仰更多的是对人的心理起作用，而不是用实际的知识去论证，用逻辑去讨论，这才是信仰不可替代的巨大功效。

说到这里我要讲一段自己的亲身经历。有一年，我去杭州灵隐寺，灵隐寺有座观世音像，她的身后是许多的小佛像。当时我自己人生中各方面的事情都很不顺利，心情很低落，当我走到那个佛像面前，抬头看到满天神佛的时候，我忍不住哭了，内心有一种被抚慰的感觉，这个画面一直留在我的心里。那种情感和情绪让我体会到的大概就是一种道法自然被人格化了的形象。虽然我的自我很渺小，但是我在天地万物之间，我即万物，冥冥中会有更强大的力量来支撑我，我和宇宙之间产生了一种奇妙的联结感。

意象和象征这个东西其实真的是非常厉害的，这也同时可以解释，很多艺术作品的伟大之处绝不是可以用文字和逻辑阐释的，而是需要用心去感受，调动你的情绪、你的心情。这也解释了为什么许多早期的伟大艺术作品的题材都和宗教有关，一个是因为那时的识字率不高，另一个就是因为运用象征，其实比文字和逻辑思辨这些更加有力。一个佛像雕刻得好还是不好，能够决定一个看到佛像的人感受的强度和深度。当年那些留下名字的伟大的艺术家也好，不能留下名字的无名工匠也好，他们本身是悟性极高、有神性的，因此他们创作出来的作品才可能直击我们心灵的深处。很多佛像本身就是非常伟大的艺术品，当你注视着穿越了几个朝代遇见的一张饱经沧桑、斑斑驳驳的面孔时，你能感受到爱和慈悲，能有一种冥冥之中自有天意的感觉。如果一个佛像雕刻得非常粗糙，神情粗暴或者猥琐，给人的观感不佳，那它就很难起到教育和感化世人的作用。

## 40 普通人就是地球的上帝

个人是如何被剥夺和否定了个体经验，从而失去真正的信仰的？首先是因为宗教信仰世俗化，转而为群众观念服务，甚至成为一种群众组织，那么它就丧失了和群众观念互为参照的可能性。与此同时，它要求人们对它盲从，于是个人失去了信仰能赋予人内心的真正力量。其次，现代文明强大的知识体系否认个体经验，宗教信仰的象征意义被忽视，人们开始追究宗教信仰文字上的物质的验证，试图用科学知识去解读，而忽略了它心理上的功能，这使得信仰中的非理性因素遭到排斥，个体经验也因此遭到压抑、否认，甚至是批判。

这样的宗教信仰很容易像我们高中历史课本里经常说的那样，沦为统治阶级的政治工具。即使是没有沦为政治工具的宗教，也可能由于要求个体无条件地服从而剥夺人们的自由，却不能帮助人们的心灵得到救赎。我们把这些道理掰开揉碎了讲，大家似乎能够听得很清楚了。但是讲的这些东西如果渗透到真正的现实生活中，那情况可以说是太复杂了，因为作为个体来讲，我们的个人生活在社会潮流面前，在国家面前，在强大的宗教力量面前，实在是太脆弱、太不堪一击了。一方面，大家抵御不了宗教世俗化的那种承诺带来的诱惑，特别容易变成为了现世生活或者来世承诺去求神拜佛的迷信。另一方面，大脑里被灌满了统计知识，一旦现实和这些统计知识有差异，甚至连自己的亲身体验都会被自我否定，更别说理解它了。后一种成了我们在网络上经常遇到的那种“理中客”。这种人的共情能力极低，他们对自我的真正认知也是非常少的。他们中的很多人，一辈子都不会真正懂得自己，懂得他人，懂得什么是人与人之间的爱。

恰恰是这种“理中客”，他们看世界不是把他人当作个体的人去看待，而是把人当作 145 克的鹅卵石来简单对待，用理性隔离了自己的情绪情感，所以他们无法察觉，也不能诚实和勇敢地去面对自己真正的情绪情感，反倒特别容易盲从一种集体信念。荣格的这一看法和弗洛姆在《逃避自由》中分析的结论很相似。弗洛姆认为，个体的自由使人痛苦和迷茫，因此当时有许多德国年轻人投身纳粹主义，而荣格则认为：

> 任何一个人，只要他学会了绝对地服从于一种集体信仰，只要他放弃了他要求自由的永恒权利以及对个人责任的永恒义务，他会以同样轻信的态度付诸行动，并且同样地缺乏从相反的角度去进行批判的能力。

讲到这里，我想感慨一句，其实我们现在讲心理学的理论时，最好是把人的心理放在现代文明社会这个框架里去琢磨，这不是没有道理的。心理学最终要帮助人们解决的还是个体的内心冲突产生的问题，帮助个体去达到自我认知，实现自己的价值。心理学家们用很大的力气去研究社会也好，研究宗教信仰也好，归根结底还是想帮到人，一个一个的人，作为个体的自我是可以被看到、听到，被关注和研究的。我想这正是为什么心理学这些年来在社会上如此受欢迎的缘故。这确实是在现代人特有的心理背景下产生的现象。因此荣格才会说，这个世纪，普通人就是地球的上帝。荣格不遗余力地强调个人价值的重要性，是希望帮助大家把个体和集体区别开，看清楚。

如果真正想读懂这篇文章，个体和集体是一对很重要的概念。我们都是受集体主义教育长大的一代，我建议大家在日常生活中多做辨析练习，在你日常的一些观念中，哪些是属于你个人的意愿，哪些是你不经意被集体意志所裹挟了。这是非常有趣的自我观察，相信你会有很多不同的感受。

第五部分

# 个人对自我的理解

## 41 心理活动的自主性

荣格这篇论文整篇都是在讲认识自我，他的重点是认知。那么正确的逻辑和思维是不是重要的？当然也非常重要，但是只有在正确的认识基础上，才谈得上后面这个思辨的过程，这不是主次的问题，而是先后的问题。用通俗点儿的话来讲，其实大多数人对于自己什么样心里真的是没什么数，或者大家自以为对自己很有数，其实都只是表面上的那点儿皮毛，是一场美丽的误会。大家在学完了前几章的内容以后也可以感受到一点，自我认知这个事情真的挺难的，来自外界的各种干扰啊、诱惑啊特别多，来自自身的各种不敢面对、悟性不够等问题也特别多。

现在心理学很受欢迎，可是很多朋友在读了很多书之后，依然连“我是谁”这个问题都没有搞清楚，却已经开始琢磨要怎么去改变自己，去解决“我想成为谁”的问题了，结果他改也是乱改的，最后越改越糟糕。其实对于内心有一些矛盾冲突、但是问题没那么严重的人来说，如果他内心深处的症结能够浮出水面，那他自然而然就知道接下来该怎么办，这是个水到渠成的事，也是我们老百姓经常说的“这个人一下开窍了”。

你去做心理咨询，有时候心理咨询师会用画图、沙盘、讲故事等方式，帮助你把藏在内心深处的一些东西呈现出来，这些方法的目的归根结底都是为了帮你认识自我，鼓足勇气，拨开虚假的自我设定、自我欺骗和自我矫饰的迷雾，让你内心深处那个真正的自我浮现到你眼前来。

人对自己的心灵是有很多误解的，比如一说到心理活动，我们大多数人就会觉得心理活动不就是我怎么想的嘛。实际上，如果我们认真观察一下自己，会发现很多时候我们是无法控制自己的想法的。你可能是个很有自控力的人，一天中大多数时间都在学习、工作，但是你的头脑里依然会时不时地闪回往日的片段、对未来片刻的幻想，还有大脑放空的情况。遇到一件事，本来以为自己会非常兴奋，其实却没有，该悲伤的时候很麻木，甚至窃喜，等等，这都不是你的头脑控制的，你的心灵在自行其是。

我个人的理解，这种潜意识的心理活动过程有点儿像我们生理上的植物神经，我们的心脏啊、胃啊、肾脏啊这些器官平时都是自己在运作的，你很少感受得到它们的存在，谁会每天感到胃在蠕动、心脏在跳呢？但它们却是无时无刻不在运动着的。肉体有自主性，心理活动也有自主性，这就是我们所说的意识的自动化，它们有它们的自主性，不完全受我们的思维逻辑控制。

你们要是有兴趣的话，可以观察一下自己的思维，留意一下自己日常的无意识行为，比如，你在工作或者和朋友聊天时无意识地拿起手机来看看。我们很多人都知道，智能手机这个东西很厉害，你会不知不觉地拿起它来看看，然后就这样耗费掉很多时间。你可以观察一下自己，回想一下是在什么样的情况下拿起手机的，是和朋友聊天时，还是工作时遇到了小困难，等等。你拿起手机时一瞬间的感觉是不耐烦、生气、尴尬，还是其他？你知道你的日常生活中会有哪些无意识的小动作吗？你会注意到自己这些无意识的动作吗？大多数人是不会抓住这样的瞬间去仔细观察自己的，因为大家都在忙着看外面的世界，很少有人真正能做到随时随地关注自己。上学的时候，我们忙着应付老师、应付考试，长大了，忙着看漂亮女孩、帅哥，看电视，在网上吵架，有时就错过了真正认识自己的机会，这是一方面。另一方面，虽然每个人都说我要爱自己，我要认识自己，但大多数人自我认知的那个方法是不对的，也没有勇气。真正碰到让自己疼痛的地方时，常常会选择迅速逃避，一下子跳开，逃避之后又会觉得我好难过，我好可怜，我要关心我自己。如此往复，永远是不解决根本问题的隔靴搔痒。

有朋友说随手拿起手机这种行为不就是个习惯吗？对，但这个习惯是怎么形成的呢？它肯定不是你有意识地去习得的吧，它是自主形成的吧，习惯背后到底是什么心理机制？一个人如果真的想认知自己的话，就不能简单地说这就是个习惯，特别是当你这个习惯对日常生活影响很大时，比如影响工作和学习，那么这种行为背后一定有它的心理动机。你会发现自己的这些无伤大雅的习惯都会指向你内心深处的某一点，这是你认识自己要撕开的那个口子，也是你想逃避的，虽然有的心理学派会用其他方法去改变，但是到最后，还是会碰到你不愿意碰的东西。

我们的意识里有很大一部分是不被我们所觉察，甚至是我们拒绝去觉察的。人们对自己的心灵有的时候有一些误解，一说到心理活动，就把它简单理解成已经浮出意识层面的那些情绪情感，是显性的喜怒哀惧，而且许多人觉得情绪情感都是简单的、原始的、低级的，不会往更深去想，不知道实际上自己的这些情绪情感是复杂的、多层次的，而且还是自动化的。在这样的情况下，人对自己的观察就非常地皮毛和粗浅，然后开始找书来看，试图从书本中找到解决问题的办法。其实真的蛮难解决的。因为你都没有真正认识自己，你都不知道问题到底是什么，怎么可能解决问题呢？对症下药，症都没对，下的药怎么能对呢？

## 42 科学理性化对自我认知的干扰

我们在认识自我的这个过程中还有很多人为设置的障碍。比如我们之前所说的，我们这个社会是科学理性化的，成天看那些大数据，把每个人都视为一个社会单元，每个人都是一个理性化的、没有生命的东西，你是大数据时代下的一个点，或者一个分母、一个分子。在这样理解的情况下，大多数人会屈从于统计法则。每个人都只想着自己，但是对自己真正的关注却越来越少，以至于人的精神特征会在毫无知觉的情况下彻底被剥夺。

我非常喜欢荣格，是因为他认为个体的经验应该被重视，个体的情绪应该被尊重。他真正关注个人的痛苦以及情绪情感，不遗余力地把个人从群众观念里往外择。比如我前面举的读者来信的例子，那位跟我探讨女作家幸福问题的读者，把全天下的女作家都当作一类人，把家庭主妇当作另一类人。她看不到个体，看不到人。这样的例子在现实生活中比比皆是，比如“大龄未婚女青年”，再比如“东北人”“河南人”，等等。它们不是科学理性化的统计，只是民间经验的泛泛之谈。这种高度概括化已经深入人心。如果是科学理性化的统计，个体的差异更会被湮没了。用科学大数据给人一个一个贴上标签后，让人变得有口难言，因为科学性现在是至高无上的，大家都对它顶礼膜拜，你没有办法反驳它，告诉别人其实我不是这样的。

现代人不可能生活在真空世界里，人们每天都要被动地接受来自四面八方的评判，这些评判形成的群众观念会不由分说地形成一种压力，让人疲于应付。有时你想去证明你和大家不一样，有时你会想办法和大家一样。当每个人都在忙着应对外界在我们身上贴的标签时，在为自己不符合社会标准的生活而烦恼时，甚至为自己看上去不够有个性而烦恼时，也就无暇真正地关注自我了，大家都没有时间好好地跟自己待在一起了。偶尔有一点儿空暇，终于可以独处的时候，还要刷刷微博，看看今天有什么热点，别人都是怎么说的，留个言，搞不好和人吵一架，一天就这样过去了。

我们可以观察一下自己的生活，是不是一天二十四小时，除了睡觉，剩下的时间全部都是在关注外界，同时不断地接收着外界传递来的信息。我们把大脑每天塞得满满的，忙着处理和消化各种外界信息，反倒根本没有闲心去关注自己的内心世界。

其实我们的心灵也并不会每时每刻地给你机会让你认识自己，你的心门是不会随时打开的，它只在特定情境下开启。比如你听别人说事情的时候，突然觉得心烦，拿起手机来看，或者听别人说了一句话，你突然感到一丝愤怒。诸如此类的情绪情感划过心头的瞬间，你是否能抓住这种情绪，顺藤摸瓜地观察一下自己，你是讨厌说话的人？觉得无聊？讨厌工作？是对方让你想起了什么？还是因为自己有话不好说？在这些情绪反应之下，你的心里隐藏着什么你不知道的秘密？这些瞬间才是你真正认识自己的时刻，而不是拿本心理学的书在那里看。

这样的瞬间对于每个人都不一样，绝不是用科学方式能够统计出来的，你只能靠自己去关注和解决。其实，我觉得一部分灵修的原理与此异曲同工，也是让你去感受、觉知、把握这样的时刻。没收手机，不许说话，切断外界干扰，让你体会自己的身体和心灵，抛去杂念，全都是为了让你把始终支出去的那些向外收集讯息的天线都关掉。关掉之后，你就可以关注自己更深层次的情绪情感，打开自己，认识自己，再通过个体体验去感知道法自然。弃绝尘世并不是最终目的，若灵修变成不食人间烟火，就成了另一种走火入魔。

## 43 群众观念对自我认知的干扰

有的朋友说，我的自制力很强，每天不刷手机，不对外界过度关注，有意识地保留空间和自我相处，也并不盲从于科学理性化，是否就能完全避开对自我认知的干扰了呢？能做到摒弃这些干扰，肯定会好得多，但是大家别忘了，还有一种最强的干扰——群众观念的干扰。人活在世界上，总要生存，只要踏入社会，加入群众组织就是不可避免的，至少你得上学、上班吧，打游戏得加入工会吧，如果有宗教信仰的话，还会加入宗教团体。我们在前文讲过，由于宗教信仰世俗化，宗教团体也已成了另一种群众组织。只要是功能化比较强的、组织化比较严谨的群众组织，就会给个体施加压力，试图剥夺个体的个性，这个时候就会出现干扰和博弈。有时候，你不找它，它也不会放过你。除非你退出组织，但是大多数人害怕陷入孤立无援的境地，又没有这样的勇气。

除了以上干扰，另外还有一个人，注意我这里说的是人，会阻碍我们真正地认识自己，这个人就是我们自己。通常来讲，我们要去认识什么事物，都会把它作为一个客体来观察。研究和被研究的对象不是一体的，是有主客之分的，这才能构成一种观察的角度。我们做实验，去观察一只小白鼠，看得非常清晰。但是当我们认知自己的时候，研究者和被研究的对象都是自己，这个事就不太好办了。我们前面说过，为什么有的人认知会出现问题？因为离自己太近了，近距离观察就像照镜子，你特别近地看镜子中的自己，都贴到镜子上了，是不容易看清自己的脸的。“不识庐山真面目，只缘身在此山中。”大家小时候都背过这首诗，它其实可以概括我们生活中的很多种情况。有的时候，我们没有办法看清自己，也是“不识庐山真面目，只缘身在此山中”。这不仅仅是因为照镜子贴的距离近，也是因为你需要认识观察的对象是自己，你既是想看清庐山的人，又是庐山本身。

成长难免会有痛苦，有时候我们的潜意识也会蹦出来阻挠你看清楚自己，替你找各种各样的借口、各种自我欺骗的方式。心理咨询的过程中就常常会出现来访者的阻抗，阻抗的方式五花八门。比如说，我去上课的时候，老师带我们做半催眠，帮助我们看到潜意识里的一些东西，有一位同学直接睡着了，啥都看不着就睡着了，可是老师一说现在可以醒来了，他就立刻醒了，其实他并不是真的睡着了。后来，他自己跟老师说，他以前也做过半催眠，每次都会睡着，从来没有看到过自己内心世界中的那个所谓的潜意识。

其实这就是一种阻抗，是用睡觉的方式阻抗。下面我跟你们讲讲我的阻抗，我能够很顺利地进入那个半催眠的状态，看到我内心的潜意识，但是我最开始是下意识地用一种假乐观去阻抗的。比如说，伤心忧郁的童年阴影我是完全看不到的，我能看到的是阳光灿烂的海滩、夏日椰林、漂亮的大房子，总之在半梦半醒之间看到的景色都特别美好。后来我知道了，这也是一种阻抗，那是因为我和老师不熟悉，我对她不能完全信任，我内心深处的画面就不会浮现出来，既不给她看，也不给自己看。直到我学习了半年之后，和老师也渐渐熟悉了，就开始看到一些死亡意象，而且是反复出现，非常神奇。有的时候人认识自己会特别难，会有五花八门的方式不让你认识自己，因为痛苦啊。伪装也好，拒绝也好，不仅仅是防备别人，也是在防备你自己。你只要真正碰触到那个敏感的按钮，各种防御机制马上就自动启动了。在这里我要插入一句题外话，如果大家一定要找心理咨询师的话，希望你们能给咨询师一些时间，这也是给你的心一些时间，不管是咨询师，还是你内心深处的那个自我，都是需要时间的。

## 44 对情绪情感的贬低

还有一个阻碍我们认知自我的严重误区，那就是我们普遍接受的一种观念——贬低情绪情感本身，这也非常严重地阻碍了我们更认真地对待自己的情感。我们这个社会，特别是好多受过高等教育的人，会极端崇尚理性，贬低感性，把人的情绪情感当作一种低级的东西。我们承认，情绪情感是一种原始的东西，但是原始和低级并不是一回事。有些人读了很多书，但从某个角度来讲，他是没有接受过精神启蒙的。还有些人，甚至对潜意识领域产生了一种恐惧，凡事都必须用理性逻辑去论证，天天追问这个有什么科学依据，那个有什么理论说法，凡是还不能被科学证明的，就否定它的存在。

大家不妨想想，科学是人类文明的产物，是人类社会探索世界的方法。可是在人类可以给万物命名之前，宇宙万物难道是不存在的吗？地球是因为人类证明了它是圆的才是圆的吗？人的内心世界也一样。一个人内心的那些感觉，那些喜怒哀乐，是需要用科学去证明它们的合法性，它们才可以存在吗？好多人认为心理咨询就是去解决逻辑思维上的问题，其实不是的。在这里，我要讲一个包括我自己在内，大家都曾经搞错了的常识。很多人不知道什么是自己的感觉。当一个人在听一首歌的时候，你问他对这首歌是什么感觉，有的人会说这首曲子写得不错，歌词写得糟糕，歌手唱功很好，等等。这些都是评判、描述，不叫感觉。如果你说，听了这首歌后有些难过，有些高兴，这些才叫作一个人的感觉。前者是走脑的，后者才是走心的，而心理学关注的正是你的心。

其实人最基本的感觉就是四种——喜、怒、哀、惧，就像颜色中的三原色一样，红、黄、蓝，世界上任何一种颜色都是这三原色调出来的。人的各种复杂的情感，比如说焦虑、亢奋、嫉妒、抑郁、狂躁，都是在这四种感觉的基础上衍生的。人的心境和心情像调色板一样，这个加点儿，那个加点儿，情绪情感就开始变得特别复杂。

这也是理性根本没有办法解决情绪情感的问题的原因。情绪情感是走心的，理性是走脑的，你用走脑的方式怎么解决心灵上的问题呢？恋爱时心里小鹿乱撞，失恋时心像被插了一把刀子，那种疼是真真实实能感觉到的，那种伤心的感觉是非理性的，不能被科学证明，但你的心真真实实感受得到它。我们现在这种特别崇尚理性，贬低感性、贬低精神性的倾向，对人的心理健康是没有好处的。

理性从来不能解决情感问题，理性只能压抑和隔离情感。你压抑情绪情感，它们就真的会消失吗？不会的。你跟人生气时，理性告诉你发脾气很失态，显得你没有涵养。于是你按住自己，没有发脾气，但是这些愤怒并不是被解决了，而是被压制下去了。它可能在你的内心深处，一点一滴堆积得越来越多，不知道什么时候爆发出来，杀伤力更大，或者在日常生活中偷偷转化成一些隐形的攻击，暗戳戳地搞一些小动作，或者变成了自我攻击，最后抑郁成疾。

## 45 过度理智化

有一种阻抗叫作过度理智化，特别容易出现在知识分子身上，也很容易出现在我们这些喜欢读书、好学的人身上。当一个人无法真正面对自己的情绪、情感的时候，他会寻求躲避到理性的世界里，用理智化把情绪、情感隔离。通过隔离，既可以逃避这种情绪情感可能带来的伤害，又可以因理性而获得一种优越感，他会认为自己生活中的一切都井井有条，是可控的。但是，内心深处的情绪情感是一种心理现实，你当然可以用理智化去隔离、压抑它，永远不正视，有了问题，不处理，也不面对，但它依然存在，它会用某种方式左右你的生活。

人类内心的情绪情感是一种客观存在的现实，它如这天地间的山川河流一样真实，你的喜悦、伤心、愤怒、焦虑，所有这些都是你的一部分。我们只能去面对自己的情绪。有时候暂时用理性化去隔离和压抑确实是可以缓解的，但是缓解之后，我们还是应该把这些情绪拿出来处理，特别是那些影响我们生活的负面情绪。我们只有真正处理好它，才能够翻篇好好往前走。不处理，只想压制它的话，越压制它反弹得越厉害，反弹越厉害，越是需要用更大的力量去压制。到最后，这种情绪情感可能会变形，藏得更深，伪装得更巧妙，蓄积的力量更大，也更难处理。

过度理性化会让认识自我变得更加困难，有些朋友连什么是自己的感觉都搞不清楚，一心希望靠看心理学的书籍、学习理论帮助自己解决情绪情感的问题，那当然是没有什么用的。而且情绪情感会促使你挑你最喜欢的那部分去接受，即使你觉得书里说的都对，说的就是自己，有一种醍醐灌顶的感觉，但实际上你的心还是跟你玩了个小把戏，它在你毫无觉察的情况下挑了你很容易接受的那部分去接受，然而并没有碰触真正实质性的问题。

## 46 尊重本能，相信本能

我经常听到有人评价我说，水木丁是特别理性的人。我理解朋友们是想夸奖我，但是这种说法是错的。只有理性的人是不存在的，如果一个人用理性把自己的感情全部都压制住了，那这个人多半是病态的。没有情绪情感的人心理是不健康的，一个心态健康的人，就像需要理性一样，也需要正常的情绪情感。以焦虑情绪为例，我们先来看看动物的焦虑。动物在生存遇到危机的时候是会有焦虑感的，没有食物的时候、性欲得不到满足的时候、安全受到威胁的时候都会焦虑。这些焦虑对于人类和动物一样，都是与生俱来的本能。而逻辑思维是只有人类才有的能力，一方面，逻辑思维常被视为高级的，另一方面，社会倾向于贬低情绪情感，认为说一个人理性是对人的夸奖，而且大多数人认为理性是比情绪情感更高级的东西。荣格认为，人类的情绪情感恰恰是造就人的个性的最基本的因素，每个人的情绪情感不一样，让每个人都与众不同。

荣格认为，人类的本能是对人非常有用的东西，应该予以尊重和了解。荣格主张要尊重和相信本能，人的内心世界应该有宗教，可以灵修，可以有信仰，可以有不可知论以及无意识论，他认为这也是人的一种更高级的本能需求，和呼吸一样自然，你必须得接受它的存在，至少这对人的心理是有好处的。他认为，不需要去证明鬼神在客观物质世界是真实存在的，而应更多地强调这些在人心灵层面的象征性意义。他被弗洛伊德学派称为神秘主义，这令他对弗洛伊德学派非常恼火。

我个人现在比较同意荣格的观点。有一次，一个读者问我怎么克服焦虑。我说其实我现在觉得，焦虑不一定是坏东西，大多数人把焦虑当作洪水猛兽，我反倒觉得，比起克服焦虑，我们每个人更应该学会看清自己的焦虑。其实人的本能在很多时候会起到保护我们的作用，当手挨在火上的时候，你觉得疼，你的手会马上收回来，这就是本能。走夜路的时候觉得害怕，担心有东西突然袭击你，这就是对危险的警觉，是一种自我保护的本能。

我们的身体如果受了伤害，感觉到疼痛，会马上给你发警告，但是内脏的植物神经不会给你发警告，等到你感觉到某处开始疼了，可能问题已经很严重了。为什么癌症这么可怕，因为它经常到了晚期才被发现，我们现在鼓励大家去定期体检，这样身体什么地方有问题了，还能及时医治。

如果说我们的情绪情感是人类从动物时期留下来的一种本能，那么请相信它们绝不会是毫无用处的。当你感到内心焦虑的时候，那也是你的心灵在向你释放信号，你可能是因为感觉到了生存危机，可能感觉到了来自敌人的威胁和攻击。很多朋友觉得焦虑来了，我太难受了，我要克服它，就要压制这种焦虑感。怎么办？我去打球，出一身汗累个半死就不焦虑了，或者说我去学点儿什么，或者找朋友聊聊天，去泡夜店，甚至去搞一夜情，我就不那么焦虑了。但是，焦虑的是你的心灵，你玩命折腾身体干什么呢？你的焦虑是一个信号，它是你的心灵在用一种最原始本能的方式试图向你传递消息，它试图保护你，告诉你有些事情已经不对了，“我觉得生存受到了威胁”“我害怕、恐惧”“我觉得被抛弃了”，等等。你应该看看焦虑背后的原因是什么，听听你的心要跟你说什么，你可能就会知道自己该怎么做了，而不是一味地把焦虑当成敌人。

我举个我自己的例子。有一段时间，我特别想写小说，可是我真正做的却是每天都宅在家里玩游戏，每天只睡四个小时，把自己搞得很累，但就是没动笔写一个字。后来有一天，我觉得这样真的是不行了，就真正坐下来，去看这个特别焦虑的我，我问自己，我的焦虑像什么呢？我看到我的焦虑就像一团小火苗在下面煎着，上面是一锅水，煎熬着我。后来我发现，我一直想写出特别好的作品，但是因为太想写好了，反倒想写又不敢写，因为只要不写，我的就不会失败。由于长时间有写作的欲望却又不去写，我的能量便淤积着没有办法流动起来，因此我才会焦虑。下面是小火苗，上面是一锅水，永远是随时可以烧开但是烧不开的状态，也就喝不到嘴里，能把人渴死。

后来我想通了，人需要能量流动才能活泛起来，能量不流动就是一潭死水，这时候你的心灵也像一潭死水，要腐烂掉了。这是我的心灵给我释放的信号，无论如何，我都要刨个渠，哪怕很细小，只要能让水流出去，就是好的。OK，那我重新开始写，不管写得好坏，只要开始写，这个问题立刻就解决了，之后吃得香、睡得着了。写作这个行为本身比写出好作品还重要。

烦恼即菩提。快乐愉悦，好好享受它；烦闷忧伤，也别嫌弃它。你的情绪情感是心灵给你的一个信号，你的本能在帮你。疼痛的感觉让人难以忍受，但是它是可以保护我们的。你有焦虑感，可能是因为你还有生命活力想要释放，但没有释放出来；你有恐惧感，是因为你有生的渴望，可能你觉得受到了威胁。这些感觉都可能是在帮你，不要对自己的情感视若无睹，因为它会告诉你逻辑思维不会告诉你的东西，而且非常直接，非常神奇，它不需要证明，它就是知道。

除此以外，人的本能需要也是蛮多样的，无论在物质上还是在精神上，想要的东西多且复杂。有些欲望和欲望之间是鱼和熊掌的关系，满足了这个，另一个必然不可能得到满足。于是，人们的内心深处就很容易形成冲突，自己在心里和自己较劲。比如，一个女人的口腹之欲和想穿小号牛仔裤的欲望就会起冲突，这两者都是她的本能。顺便说一句，大家也不要把女性爱美、要减肥当作虚荣心来批判。其实，时尚观念也是一种群众观念，许多人都觉得只要我变得更时尚，就可以更多地被社会接受。我是在变漂亮，这样可以找到一个条件不错的对象，可以结婚生孩子。这其实是一种生存繁殖的欲望，它依然是一个很本能的动机，只不过变化了形式。当这两种本能欲望在一个人的内心中起冲突、两种欲望都想满足时，如果一种明显强过另一种那还好办，势均力敌的时候就让人特别痛苦。

## 47 本能的特点

我们现在讲本能，通俗点儿理解，就是人的情绪情感、潜意识，人最原始的那个状态，是人性里特别直接的那个东西。本能有几个特点，没有所谓的对和错，没有道德高尚和低下之分。饿了想吃，困了想睡，暖了饱了想干点儿羞羞的事。人的本能和动物的本能一样自然，并没有什么本质上的区别。我们看那个靶子图，对于道法自然来说，存在的都是合理的，不合理的自己早晚会改变、会消失。因为道法自然，本来就是只讲因果，不讲道德对错的。“天地不仁，以万物为刍狗”，一个坏人的本能发生的变态反应对于D来说是无所谓的，在浩瀚宇宙中，任何人都渺小得如一粒尘埃，他是别人的果，也是别人的因。因为所以，就那么发生的，没有什么对错。但是对于人类社会来说，本能是有对错之分的。我们的人类社会是讲道德、有是非的，否则大家都按自己的本能行事，没有行为规范，想怎样生活就怎样生活，人类文明也发展不到今天了。人的本能需要遵从人类社会的标准、规范和控制，因为你生活在人类文明社会，享受了人类社会共同发展的福利。如果你要脱离人类社会去过茹毛饮血的生活，你当然可以享受绝对的自由，随心所欲地生活。

现代人在生活中经常要面对选择，有时我们的一种本能会和另一种本能起冲突，我们需要做出选择；有时我们的本能会和社会的法则、法规、法律，和大多数人的利益起冲突，我们也要做出选择。总之，我们不能够完全按照自己的本能去生活，有时候需要压抑一下欲望，有时候需要控制一下愤怒，还有的时候需要战胜恐惧。你不能总是任由本能牵着鼻子走，那也会让你生活得很痛苦。打个比方说吧，前文讲的那个想穿漂亮衣服又想满足口腹之欲的女孩，她的本能和别人、和社会没有冲突，但是在她心里起了冲突，她想两个都满足，最后怎么办呢？她先吃，然后吐。有一部分人的厌食症就是这么来的。

本能虽然无对错，但它不可避免地会受到社会评价，一些本能被视为负面的，虽然它们的本质和动物本能一样，对我们起到了保护的作用。比如前文提到的适度的焦虑，还有竞争也是一种生存本能的体现，人和动物都有这种本能，只不过在人类的文明社会，它演变成了各种各样的方式。竞争的本能不是坏事，竞争推动了个人乃至人类的发展，但是对于竞争的社会评价很复杂。比如，中国人崇尚中庸之道，并不喜欢摆在桌面上的太强的竞争性。比如，同样是竞争性，社会对男人和女人会有不同的评价。再比如性本能，有的人谈性色变，把性当作洪水猛兽一般，可是要知道，世界上只有人类可以在非繁殖期保持性欲。也就是说，人类不是为了生孩子而有性生活、性冲动，这正是人类作为高级动物的体现。

我们生活在现代社会中，每个人的欲望都在一定的个人意识或者意志范围内被允许实现，这些也是被社会道德允许的本能。还有一些本能是群众观念所不允许的，或者是被社会评价为负面的，那么有些人就会压抑本能，有些人则会合理化自己的这些本能。一个男人性欲旺盛，需要很多的性伙伴，这是他的本能需要，但是他又有生存发展的需要。他觉得自己需要有一个符合社会标准的形象，于是他成立了家庭，但他又想满足比较旺盛的性欲，于是就在外面养了几个情妇或者搞一夜情。最后他会合理化自己的行为，认为男人都是这样的，用统计学的方式来解释自己的行为，以避免自我谴责的愧疚情绪。我们之前说过，人和人之间的个体差异是很大的，不是所有人都是145克的鹅卵石。人的生理有差异，道德观有差异，对自我的认知有差异，最后做出的选择当然也有差异，不存在每个男人或者每个女人都一样这种事。

## 48 一个人是一个微型宇宙

我们内心世界里本能的那一部分和天地万物是天然相通的。荣格把本能称作我们内心深处的原始人。这个原始人很可能会被你压抑、忽视，甚至被你憎恶，因为他给你添了很多麻烦、苦恼，但那依然是你自己。如果你能够认真看看他，你也许会发现他真的是浑然天成，因为他没有被任何的文明、逻辑思维洗脑改造过。我们的这个原始人是宇宙的造物，他可以直接越过B和C去感应D。很多朋友问我说，我该怎么穿过社会重重的阻力和压力，真正去认识D的规律？一个方法是你可以用辩证思维的方式去理解它，另外一个方法是用本能去直接感知它。因为人类的本能就是道法自然的结果，我们现在内心深处有一部分还跟动物是一样的，被人攻击时会发怒，生存受到威胁的时候会警惕起来。有些事不需要用逻辑思维去论证，你直接就能够感知到，这就是人身上的神性。

作为泛神论者，我个人相信草木有神，动物有神，人内心深处也有神，我偶尔会觉得自己神明附体，或者说是灵光乍现吧。其实每个人都会有神明附体、灵光乍现的时候，只不过你们没有抓住它，你们不相信自己的本能，也不相信自己天生就知道。当神明附体的时候，你可能忙别的去了，或者是你不相信自己的心灵，甚至害怕它、批判它，那么灵感当然就跑掉了。久而久之，当你在自己的头脑中塞满各种知识，变成了别人思想的跑马场，每天闲不下来的时候，你的神明也就不再来找你了。

荣格说："一个人就是一个微型的宇宙。"我们每个人都是一个宇宙，了解一个人，了解我们自己，也同样是在了解整个宇宙。

人如果能够倾听到自己内心深处的声音，捕捉到自己的一些本能感受，他就可以穿透 B 与 C，直接去感知 D。当然了，这一切回过头来还是需要到实践里去验证，反正你不需要自己感觉到什么都往外说嘛，你可以把你的感觉留在心里，如果它真的在现实生活中得到了印证，你可以好好总结经验，如果错了，也不会造成多么大的损害。我们既可以通过读书、科学去研究宇宙万物的道理，也可以通过了解自身进而了解整个宇宙。把自己的天线竖起来去感受，也许你会发现自己从前被埋没的潜力。

很多人，特别是许多受过教育的人，都被灌输了本能有罪的观念，认为本能是错的、低级的，是理性和智慧的敌人。很多人因此压抑、忽视和贬低自己的本能，无视内心深藏的情绪情感，对自己的一些感觉、感受的能力也不知道珍惜。我觉得这样很可惜。

## 49 天才不过是最正常的人类

毛姆说："天才是最正常的人类。"技术是可以学习和练习的，但很多天才不仅仅有技术，还能够觉察和运用自身的本能。这也是为什么有些天才的电影、绘画和音乐作品会特别戳中我们的心，为什么某段音乐一响起来，虽然你不知道它讲的是什么，你的眼泪依然会忍不住落下来。它是在用理性跟你讲什么道理吗？分析什么逻辑吗？不是的，伟大的艺术家最善于捕捉人类的情绪，并且用他的方式表达出这种情绪，让你能感受到你的情绪也被他的作品表达了，在那一瞬间，创作者和欣赏者的心灵是相通的，这是本能对本能的呼应，也是心和心的呼应。我们听音乐，听的不是逻辑，不是道理。我们爱艺术家是因为他们懂我们的心，懂我们的感情。

我想讲一个在纪录片里看到过的我特别喜欢的小故事。这个纪录片是讲非洲草原上那些天生有皮肤病的小动物的命运的。摄影师跟踪拍摄了几只患有白化病的小动物，其中有一只小河马，它得了白化病后通身都是肉粉色的，还有一只白色的小狮子、一只得病后同样是白色的小猴子，以及一只小鳄鱼，那只小鳄鱼得了白化病以后是黄色的。这些小动物在我们人类眼中是非常可爱的，粉色的河马、白色的狮子、黄色的鳄鱼，它们是多么与众不同，但对于它们自身来说就非常不幸了。大家知道，动物的皮毛颜色对于生存来说是非常重要的，因为这关系到躲避天敌和捕猎时隐藏自己。如果外表长得和别的同类不一样，就会有被攻击的危险。比如那条小鳄鱼，它黄得非常不低调，完全无法融入周围的环境，潜在水里，爬在草丛里，都有一种无法忽视的存在感。它不仅可能因为捕捉不到猎物而活活饿死，还很容易被大鳄鱼吃掉。据说，即使是健康的小鳄鱼，存活的概率也是很低的。

摄影师跟拍了一段时间，除那只白色的小猴子从树上掉下来摔死了以外，其他几只小动物都艰难地活了下来。白色的小狮子被逐出了狮群，成了草原上的流浪汉，没有其他的狮群收留它，但是它很幸运地遇到了另外一只年轻的母狮，它们后来就在一起了。最令人震惊的是那条黄色的小鳄鱼，摄影师拍到了它长大后捕捉猎物的全过程。前面说过，因为它是黄色的，所以不能在浅水里埋伏，在慢慢接近来池边喝水的羚羊的时候，它要潜到比别的鳄鱼深几倍的地方，然后从非常深的水底蹿出来把羚羊咬住。为了做到这一点，它的爆发力需要比别的鳄鱼强好多倍。它就这样生存下来了，没有和别的同类做伴。

这不就是我们常说的奇迹吗？

小鳄鱼是没有逻辑思维、没有理性的，它能够活下来都是依靠它天生的本能。人类的本能其实也能教会我们类似的本领，只不过我们鄙视自己的本能，不相信它，把它当作低等的。越是读书多的人，越是远离自己的本能，直至彻底抛弃它。我相信荣格所说的本能是通神的，本能有的时候会直接告诉我们结果，而且还常常是对的，就像这条小鳄鱼一样。

## 50 了解那个复杂的自我

人的本能当然要复杂得多，因为人知道压抑自己，想法也多，所以有时候本能的动机会被埋藏得很深，或者拐弯抹角地表达出来。

有一次，我到朋友家的农家小院去玩儿。朋友是特别爱花花草草的人，可是那天在她伺候这些花草的时候，我顺手把人家的花给摘了一朵。另外两个朋友发现后大喝了一声："你为什么摘花儿？"我也愣住了，这真是一个完全无意识的动作，当我意识清醒的时候，花儿已经在我手里了。我只好告诉她，我不是故意的，我不知道自己做了什么，他们说说笑笑就过去了。

后来我在看荣格的这篇文章时，突然想起了这件事，于是我认真回味了一下当时摘花儿的那个感觉，是挺爽的。于是我明白了，其实这个行为受到了我的一种破坏欲的驱使——越是碰到别人珍惜、禁止破坏的东西，我内心深处的那个小朋友就越叛逆，只要碰到类似家长、老师角色的人，我可能就会逆反一下。我让你管我，我偏要摘花儿。这个时候，你会一点一点了解自己，你会觉得自己特别有意思，比把那些理论往自己身上套有意思多了。

人就是这么复杂。好多人会说，我还不了解自己吗？还真别说，你可能真的并不了解自己。比如我们刚刚讲的攻击性，有时候，一个人对另外一个人的攻击行为是有隐藏性的，而且原因也不是那么直接。比如说，一个男性领导，平时自认为是一个理智、客观的人，从来不会表露出太多情绪。有一天，公司里新来了一个下属，可能是这个下属的某个微表情，或者是由于毕业院校、父母工作之类不易察觉的原因，唤起了这位领导小时候被同学霸凌的情绪记忆，于是这个理性的领导在不知不觉中把对霸凌自己的少年的仇恨移情到了下属身上，但他本人并没有意识到，只是莫名地不喜欢这个下属。在工作中，这位领导不断地从理性客观的角度发现下属的缺点，他完全没有意识到，自己已经将主观情绪投射到下属身上了。这是因为他把那些痛苦的回忆都压下去了，他不愿意再回忆那种被羞辱的感觉。可是，虽然他的脑子忘记了，心却不会忘，他一看到这位下属，潜意识就会自动唤起厌恶的情绪，没有逻辑，只有厌恶的情绪。

荣格用了几种方式来描述本能，相对更方便我们大家理解。一种是说，本能是我们内心深处的原始人。还有一种描述是，本能也是我们儿童时期的心理状态。大家可以回想一下儿童时期，在人生鸿蒙未开的最初，儿童就像是小动物一样，完全靠本能生存，没有羞耻感，没有道德感，甚至不知道当众大小便是不对的。后来我们慢慢长大，接受教育，识文断字，接受社会的规范，变成了不依靠本能生存的现代文明人。不过，教育归教育，规矩是被规矩了，但很多儿童时期形成的本能反应和无意识的心理还是在的，只不过它们为社会和个人道德感所不容，不会轻易冒出来罢了。

荣格特别提到了童年的无意识幻想。孩童两三岁的那个阶段也被叫作泛灵论的阶段，在此时的认知世界里，他们分不清楚什么东西是有生命的，什么东西是无生命的，他们会认为人类、猫狗和布娃娃都是有生命的，两三岁的孩子经常对着自己的布娃娃说话。我们每个人都会经历这个阶段，如果你平平安安地成长，心理状况没有出现大问题，你就会自然地过渡到下一个心理成长阶段。事实上，人的心理成长就是这样的，每一阶段都会有一个成长的需求，如果你一个接一个相对正常地完成了这些成长过程的话，你就会成为一个相对来说心理健康的人。但不是所有人都能够平安顺利地长大，有的人没那么走运，比如说，一个人小时候遭遇过家暴，内心深处可能留下了一些恐怖情绪，虽然日后他看上去好像已经无碍了，和父母的关系也改善了，但是这些情绪会一直留在他的心中，潜移默化地影响他的生活。泰国有个反家暴的公益广告，借两岁孩子的视角去呈现家暴时的父母，孩子眼中的父母就和恐怖电影里的厉鬼一样。大家不要觉得这只是艺术的夸张，一个两岁的孩子内心中的画面可能真的是这样的。那种画面不是客观现实，却是心理现实。

我有一个朋友，在上初中的时候父母先后离世了。她是个非常善良懂事，也非常优秀的学霸型少年，成年后在工作上也非常出色，双料学士，理科博士。按理说她是个非常理性和严谨的人，平时处理问题也并不情绪化，但是一到谈恋爱的时候，假如对方不接电话，或者没能及时回复她的消息，她就会焦虑到崩溃，给对方打连环夺命“call”（电话），自己坐在那里，能从对方不接电话联想到生死。

我曾经用一些方法帮她探寻过她的内心世界，最后从谈恋爱这件事一直追溯到她对少年时父母去世的看法，这时她才知道，原来在她的潜意识里一直有一种被父母抛弃的感觉。这么多年来，她在理性意识层面可以很客观地理解父母先后离世这件事，但内心世界里的情感记忆并非如此，那种被抛弃的恐惧一直留在她的心底。一旦爱人不接电话，她虽然在理性上知道对方可能是在开会，但情绪却会像打开了闸门一样泛滥出来。

这种情结可以说是她的一个核心情结。自己最爱的人、最依赖的人千呼万唤不回应，这种情景就类似于她认为父母抛弃她而去的那个情景，这个时刻也成了她的扳机点。核心情结再加上一个扳机点，通俗地理解就是一旦情景类似，就像扣动了扳机，潜在的情绪情感由此爆发。一个人在情绪情感爆发的时候，你能跟他讲逻辑吗？他已经丧失理性了。情绪情感的问题还是要在情绪情感的层面解决。

我自己也是有扳机点的，这也是我在学习心理学的过程中逐渐了解到的，非常有意思。我曾经写过一篇文章，说到自己的死亡意象。比如，在下楼的时候，眼前出现我滚下楼梯、摔成半身不遂的场景；在马路上骑自行车的时候，会想到自己被大卡车卷到车轮下的场景。这些都是瞬间闪出又消失的画面，全部来自我的一个核心情结，即我非常害怕无常，害怕意外发生，但我不是怕死，我是怕被卡在一个半死不活的状态里。这是因为在我年少时，父亲突发脑出血，导致半身不遂，最后卧病在床十七年，我的头脑中闪现的不是我最后真的死亡的画面，而是诸如高位截瘫这种场景。

这个情结埋在我的心底，实际上对我的生活有非常大的影响，它造成了我悲观主义宿命论的处事方式，很多事情并不是特别努力去争取，也不会去和人竞争，更不会积极地去发展自我，因为我内心深处有一个十来岁的少年，对命运无常充满悲观和恐惧。

在学习心理学的过程中，我们最后得到了心理的这个画面，它是非常非常宝贵的。大家不要随便对自己说，这个也很正常吧，那个就是习惯吧。有的时候，这些正是你撕开自己内心世界的一个口子，不要让它们随便过去，可能往下再走一走，看一看，就打开了你认识自我的一道门。当然，知道自己有某个扳机点，并不是最终的目的，我们要知道它是怎么运行的，以及它怎么影响你的行为，乃至决定你的人生。为什么叫“核心情结”？因为它对你的影响很大，使你成为今天的你，或者是让你有些事情不敢去做，或者是让你把一些事情搞砸。好的核心情结咱们不说，那个不好的核心情结，如果你能发现，能面对它的话，一定会受益的。也许你会变得勇敢一点儿，也许你会变得更积极向上一点儿，更努力一点儿，更喜欢活着一点儿……这些都有可能。当然了，这些都是后话。

## 51 追溯童年的意义

一提到心理学，大家首先会想到心理分析，其实追溯一个人的童年经历对其现在生活的影响并不是心理学的全部。童年是否真的那么重要，可以决定人的一生？我个人对此的一层理解是，当我们还是儿童的时候，我们不识字，没有逻辑思辨能力。儿童是人最初的形态，也是原始人的形态，一个人儿童时期的认知方式不是成年人的那套逻辑语言的体系，而是画面、味道，或者对某种情境的直观感受，这些感官记忆和当时产生这些感觉的情景一起，不经意间留在了你的脑海里。在你成年后的某个时刻、某个情景之下，它们又触发了你的情绪情感。

这个触发的过程比肥皂泡破掉的速度还要快，无论你是个多么知书达理、冷静客观的成年人，它都会瞬间把你带回童年时的某个情绪点。如果唤起的是美好的、愉悦的情绪，你当然可以非常幸福地重温，但那也可能是童年时恐惧的、愤怒的或者其他某种很糟糕的情绪的重现。在这个情景下的这个瞬间，你不是一个成年人，而是当年的那个小孩子。就像我，每当需要冒险的时候，我眼前就会浮现起死亡意象，我会害怕、退缩，许多事就放弃了，不再争取了，很多好的机会就这样丧失了。但是，我可能还会给自己找一大堆理由，把这个畏缩掩盖得特别完美。我自己骗自己的本领也是很强的，我们每个人糊弄自己的本领都很强。童年的这些情绪情感会这样偷偷地影响我们今天的一些判断和决定，并进一步影响我们的行为。

阿德勒说："幸运的人一生都被童年治愈，不幸的人一生都在治愈童年。"好多人的心智卡在了自己四五岁的时候，也有的人卡在了自己十五六岁时，每个人都不一样。那些心理成长得不够好的人，成年后要适应社会也不太容易，他们更容易产生内心的矛盾和冲突。当然了，这样的人远远没有到病态的程度，只是时不时会被某种情境、事件触发扳机点，启动某种情绪，影响现在的生活。人们不得不和这些童年记忆反复缠斗多年。说到情绪，大家不要把所有的情绪波动都理解为大喜大悲那么外在的表现，有些情绪是悄悄地启动，在你内心深处用很不易察觉的方式影响你的思考和决定。

相比之下，长大成人后遇到的新的困难、新的心结相对还好处理一些，因为我们有了比较清晰的记忆，已经开始能沟通，能有意识地去关注自己的情绪情感了。许多相对健康的成年人在心理出现状况时，会知道自己有些不对劲，但是小孩子是不知道的，没有这个概念。而且，小时候的一些情结因为时间长、隐藏深，经过了反复地被合理化，又不是一种逻辑思维可描述的成年人的语系，当事人自己都可能是无意识的，完全不知道它的存在，很难把它找出来。如果能找出来，许多情结可能就解决了一大半，即使解决不了，它也是摊在阳光下，至少可以改善了。当然，我说的这是心理相对健康的普通人在生活中遇到心结的情况。

成长停滞的人生通常会出现各种各样的问题，有的是在感情方面，有的在事业等方面，或者是全方位的。我曾经听到过不少人说，我就是想一直做个孩子，做一个少年。我觉得这没问题，我们也一直在强调人的本能有多重要，要保留和保护自己的本能，不是吗？可是孩子和孩子也不一样，你内心的那个孩子是个健康的、朝气蓬勃的孩子，还是个胆小怕事、内心千疮百孔的病孩子、鬼孩子，那是不一样的，这带给你的影响是很大的。如果你内心深处的那个孩子是个病孩子，他每天折腾，随时崩溃，你自己就会受很多苦。

## 52 人与人之间不应追求百分百的理解

人有这么多本能上的问题以及精神上的痛苦，前面所说的一种本能和另一种本能、本能和社会、本能和科学精神、情感和理智之间都会有矛盾，这就造成了我们内心中很多的冲突。这个时候，每个人都希望得到帮助和救赎，大家会想各种办法寻求解脱，走出精神困境，一部分人从心理学上找办法，还有一部分人在宗教和信仰上找归属感。你看荣格多厉害，把我们现在好多心理学的东西都说到了。这就是大师，我们绕来绕去，也没跑出他画的这个框。

我们先说心理学吧，抛开从业者不谈，大众对心理学感兴趣，归根结底还是因为自己有困惑、有问题，想得到解决，希望得到心灵的救赎。我们再回想一下那个靶子图。A 是自我，B 和 C 是家庭社会，D 现在大家都知道了，是道法自然，是万事万物的宇宙。人的内心深处出现矛盾的时候特别有意思，人们不在 B 和 C 的层面，也就是社会层面去寻找答案，觉得了解历史、社会都是为了解决社会问题，而不是解决自我的问题。人们要么是走 A，我走心，我跟心说话，去解决心里的问题，自己调整心态，要么是直接奔 D 去了，搞灵修。很多人都绕过了 B 和 C，这可能是因为人们认为 B 和 C 根本无法帮我们解决痛苦，觉得它们就是痛苦的根源，觉得我们根本改变不了社会环境，那么我只能调整心态，要不然就求神帮助吧。荣格指出的这两条路，到现在过了这么多年，大家也没出了这个框，这就是大师。

荣格也谈到了心理咨询师和来访者之间的关系，他强调说，这是两个个体之间的辩证关系。前两年考心理咨询师资格证比较火，好多人都考了，这里面有相当一部分人其实是非常刻苦和努力的，看了不少书，听了不少课。因为学了很多心理学的理论知识，他们便认为自己可以去给人做心理咨询了。但问题是，每个人都是不同的个体，不管他是坏蛋还是好人，他都不是一个概念的人，不是大数据，不是一个社会单元，而是一个活生生的陌生人。当咨询师在咨询室见到来访者的时候，他就是他，你就是你，两个人是个体面对个体。书本上的理论知识肯定是对的，就像前面我们讲过的 145 克的鹅卵石，你看到的人就像是鹅卵石，将近 145 克，他肯定有鹅卵石的一些特质，你可以把理论套上去，看到来访者有哪些症状，就能得出相应的结论，这个是焦虑症，那个是抑郁症，等等。但下结论之后呢？你要怎么帮助坐在面前的来访者，这才是工作的重点吧。每个走进咨询室的人肯定心里都有一个死结，他自己弄不明白，解不开，才会走进你的咨询室。同样是焦虑症，看上去症状差不多，可是形成的原因和过程不一样，因而解决的办法也不一样。而且，这种打上心结的路径可以说是一个人一个样，最后你要把这个结解开的时候，也只能是一个人一个样。咨询师最后面对个人的时候，碰到的都是具体的个人，只能逐个个案地去解决，这就是咨询师的工作。

其实在日常生活中，大家初次见面，都是运用一些客观知识去了解对方。这个时候，每个人都像一块 145 克的鹅卵石。然后随着慢慢深入接触，彼此的认识才开始变得越来越具体，对方变成了一个活生生的个体，而不仅仅是理论上的人。这个时候，其实大家也不可能完全客观地了解彼此，两个人肯定都会按照一些主观的意识塑造对方在自己心目中的形象。心理咨询师的训练中有一项非常重要，就是自我成长。荣格认为，人不可能不主观，我们眼里的一切都是自己经验的积累和投射。咨询师一定要先认识自己，只有认识了自己，才可以把自己投射的情绪和来访者的情绪区分开，才不会在咨询中过多地自我代入。

比如说，一个心理咨询师因为第三者插足离婚了，有一天正好来了个来访者，在和已婚人士谈恋爱。在咨询的过程中，这位心理咨询师就很可能对来访者产生厌恶情绪。如果这是一个非常合格的咨询师的话，他会立刻看出有些情绪反应是由于自己过于带入了，那么他要么把这位来访者介绍给别的咨询师，要么自己做出调整，这样至少不会对来访者造成二次伤害。

但是反过来，如果要求咨询师完全放弃自己的主观性，也不可能真正帮助到来访者，这不是会不会造成二次伤害的问题，而是他根本尽不到自己的责任。我们每个人都会有自己的主观认识，如果我们放弃这种主观性，一味顺着对方的经验去感觉，顺着他的讲述去理解，那么在这样的关系达到一个顶点的时候，有一个人势必要牺牲自己的个性，完全被对方同化。被迫牺牲自己个性的那个人最终会崩溃掉，因为他的自我被吞掉了。而且，如果想每个人都保持自己的个性，又想在感情上能够水乳交融，最后这种理解也势必会告吹。大家可以想象，如果咨询师一味地顺着对方的经验去感觉，去共情，他怎么可能帮助来访者呢？“不识庐山真面目，只缘身在此山中。”如果他和你完全相同，完全陷入在你的庐山里，他怎么可能帮助你看到庐山的真面目呢？

荣格认为，追求理解和共情，有的时候只是追求一个平衡，不惜一切地寻求理解反而对双方都有害。应用到我们日常生活中，人和人之间的关系达到平衡以后，就不要再不惜一切地追求百分之百的理解了，日子就可以相伴着过下去了，朋友就可以做了，恋爱就可以谈了。顺便强调一句，这是在达到一定平衡后的求同存异，而不是绝对化的求同存异，不是你骂我，要搞死我，我还跟你求同存异。我知道很多朋友觉得恋爱就是要彼此完全理解，恨不得两个人化成一个人的那种感觉，对方稍微不懂自己就觉得好失望。看过本书，希望大家明白，在两个独立的人格之间，是没那种事的，除非一个人完全牺牲自己的个性，否则这种要求连经过职业训练的人都做不到。可能有的人确实可以做到，但是牺牲个性这种事不是自己愿意就可以的，一段时间可以，一辈子很难。天生个性难自弃，你有没有个性，能为一段感情牺牲自我到什么程度，你自己应该心里有数。

有的来访者在心理咨询的过程中，觉得咨询师特别理解自己，容易产生一些移情，更加进一步去寻求咨询师百分之百的理解。实际上，经过训练的咨询师是要避免这样的，心理咨询师会把这条线画得非常清楚，这样对咨询师本人有好处，对来访者也有好处。当然，有的来访者会不自觉地越界，会觉得这个咨询师是全世界最理解我的人，他简直是我的再生父母、梦中情人，这对来访者是非常有害的，这也是为什么心理咨询师除了职业操守，对来访者还必须要保持界限。许多人会觉得心理咨询师嘛，就是知心大哥哥、大姐姐，其实知心大姐姐这样的咨询师除了给你当垃圾桶，是不可能帮你解决任何问题的。如果是那样，你找你朋友、打热线电话就可以，不需要花钱找咨询师。

## 53 信仰之路上也要保持独立的个性

以上讲的是从内在心灵上寻求救赎，还有一个方法是从宗教信仰方面寻求救赎。其实这两条路径，不管走 D 这条路径，还是走 A 这条路径，可以说是殊途同归，因为 A 和 D 本身是相通的。只要能够到达那个彼岸，真的能解决问题就可以。但是，就像前面所说的心理学的问题一样，后一条路其实也一样困难重重。前面讲了心理咨询，是个体面对个体的模式，会走一些歪路。那么信仰这条路，也一样可能走上歪路，特别是现在普遍性的宗教信仰世俗化之后，许多因信仰聚集在一起的人群会再次变成一个集体。这个集体有整齐划一的仪式，有统一的思想，有权威。它的实质又变成了一个社会化的组织，那么个体就很有可能再次陷入一个由权威领导的集体里面，丧失掉自己的个性、独立的思想和感受，个体再次被集体的力量所吞噬。比如日本的奥姆真理教事件。

在这样的情况下，一个人的灵魂是不可能得到救赎的。荣格反复强调“个体”这个概念，他认为真正的信仰也好，心理学也好，之所以能够帮到人，是因为可以看到个人的痛苦，才能够把个人从痛苦中救赎出来，如果连个体都被抹杀的话，任何救赎都是水中月、镜中花。

有的人可能会说了，我去上了一些灵修课，觉得我的内心得到了净化，非常有作用。这是自然，但也要谨防一种可能，就是你因为你的自我让你痛苦，你不仅像前文所说的那样，想寻找一个揪着头发让自己飞跃人类社会的力量，还要把你的自我淹没在一个集体中，至少可以暂时忘记痛苦。你去了，在集体中灌了满满的正能量，觉得自己接收到了宇宙的信息，然后回家了。但是只要你一离开那个集体，回到世俗社会，力量感就丧失了，过两天又不行了。有的人只能不断去参加灵修，参加各种组织，拜各路大师，把大师看成至尊无上的，这是个人灵魂救赎的正路吗？你把你的自我交给集体，交给权威，交给心理咨询师，你们替我解决吧，这样是不可能解决任何问题的。有些事，再难也只能你自己来，这是不能由别人代劳的。

这也是为什么我特别喜欢荣格的原因，因为他用心良苦，非常真诚，他不想做任何人的神。他一遍遍强调，你就是一个宇宙，你个人最重要，你跟整个宇宙一样重要。荣格也提到了乌合之众的问题。大家都会觉得乌合之众非常可怕，要让每个人都有自我意识，这个世界不会被搞得乌烟瘴气吗？关于这一点，荣格认为，乌合之众的问题确实存在，但解决乌合之众的办法绝对不是搞独裁，绝对不是把权力交给一个至高无上的权威。恰恰相反，因为人是有从众心理的，人在集体行动中由于丧失了自我的存在感，因此也丧失了自我的责任感，这个时候，个体反倒会不计后果地乱来。但是，当他意识到自己是一个人的时候，意识到要为自己的行为负责的时候，他可能会更顾及后果，脑子里有一个为自己的一切行为负责的观念。每个人都为自己的个人行为负责的时候，才不会成为乌合之众，这才是真正对抗乌合之众的办法。

当你相信你自己就是一个宇宙的时候，你为自己负责就是为你的宇宙负责，你会更多地注意到自己的存在，意识到自己行为的后果，你会认真对待某些事情，而且会去思考，有责任感，这才是解决的办法。如果一个人内心有了冲突，却又无法把自己视为一个独立完整的个体去理解，从集体主义、科学理性化的教化中把自己择出来，把自己当作一个有血有肉、有理智和情感的独一无二的个体，那么他是很难以自我为立足点，建立一个完整的坐标系的，也就很难摆脱他所面临的精神困境。

## 54 坚持自我也会令人痛苦

追寻个人精神的救赎不是一种脱离现实生活的矫情，而是为了解决我们内心的冲突，让我们每天不要过得那么难受和痛苦，不要因为内心的胆怯埋没了自己，不要因为情绪无法管理而毁了自己的人生，等等。成年人的世界里没有“容易”两个字，但成年人最大的不容易是来自内心的挣扎和煎熬，痛苦是成年人才有的专属礼物。儿童是没有真正的痛苦的，他们所有的痛苦都来自外部。儿童的世界是比较简单的，他们没有实质上的内心挣扎。一个人十四五岁，青春期前，还没有开始探索边界建立自我，这时候人其实是不会有那么多的矛盾和痛苦的。到了叛逆期，人开始追问，我是谁？我要往何处去？我和这个世界是什么关系？当你成为独立的人，需要为自己负责的时候，你将面临生存问题。也可以说，内心的冲突也是“自我”的附加品，但我们也只能且必须接受这个难题。

有时候，我会看到一个年轻人跟另外的年轻人说，你应该独立，应该坚持自我，等等。这样的话大家估计都没少听到，可能自己也没少说，“自我”这个概念说起来很简单，但是其内涵简直是与宇宙一般浩瀚无边，根本不是对另外一个人简简单单地说一句“你要坚持自我”就可以做到。即使做到了“坚持自我”这件事，也并不绝对意味着让人幸福。心理学家弗洛姆在他的《逃避自由》中说过，人其实是会选择逃避自由的，理论上人人都觉得自由是个好东西，但实际上自由也会是一种沉重的负担，一个拥有自由选择权的人也注定要承担自由人的责任，在得到自由的同时可能也是迷茫的开始，不知道往哪里去，不知道什么才是对的，感到灵魂无所归依的孤独，因此很多人会逃避自由。

在 20 世纪 30 年代纳粹德国时期，很多年轻人正是为了逃避沉重的自由，才把希特勒当作指路明灯。跟着这个人就再也不用面对内心的冲突和挣扎，不需要自我怀疑、去探索答案了，一切有了现成的答案，有了一个至高无上的权威告诉你该干什么、不该干什么。加入一个集体会有一种安全感，把自己的一切交给集权者，内心踏实，有所依靠。当大多数人把现实问题留给权威来解决的时候，权威一定是越来越大的，因为权威愿意替所有人去解决这个问题，个人会越来越渺小，最后产生集权。

当个体无足轻重的观念成为普遍意识形态的时候，集体主义会成为最高道德，个体会被完全忽视。如果个人变得不重要，个人的痛苦也就不重要，会被无视。个体也不可能认识自我，心灵得不到救赎。在这种情况下，人只有把自己完全交给一个集体和威权，变成一个巨婴，让别人来替他解决所有的问题，包括自我折磨的痛苦。久而久之，群众观念不断加强，继续碾压个体，周而复始，因果循环，这个集体和威权就会越来越庞大。

我个人觉得，很多人在丧失自我、丧失个人感知能力的时候，因为比较浑浑噩噩，比较麻木，不会感受到那么痛苦，但是那些醒来的人是不可能再睡过去的，这是一个不可逆的操作，也只能往前走。《黑客帝国》里的尼奥选择了小药丸，那几乎是他一定会做出的选择，那就是他的命运。像我们这种追求自我实现的人也只能往前走，即使有很多痛苦，也没有回头路，只能义无反顾地继续探索。因为往前走的话，你可能有一天可以了解到道法自然，达到一种古人所说的“达者无忧”的心态。达是豁达的达，我觉得也是到达的达，到达那个层次一样无忧，而且是真正的无忧。既然大家都不能回头，也就不必去多想：如果我不知道这么多，如果我没有这么敏感，如果我傻一点儿多好。不存在这些“如果”，凡来过，必留痕迹。大家都勇敢一点儿，不要犹豫，往前走，继续探索自我吧。

## 第六部分

# 对生活的哲学和心理学的解析

### 55 跟随你的心，要先了解你的心

前面我们聊了人为什么这么难了解自己，谈到人被压抑和被贬低的本能，荣格的《未发现的自我》第五章是“对生活的哲学和心理学的解析”。再次强调一遍，荣格的这篇论文侧重讲的是认知自我这个层面，也就是“你是谁”这个问题，并非能够一劳永逸地让你一下子解决人生中的所有问题。如果你想问，以后我该怎么办呢？具体该怎么做呢？这是在讨论“how to”的问题了，而这篇文章基本讨论的都是“why”或者也可以说是“who”的问题。我们前面讲过，自我认知非常重要，对自我的认知模糊不清，或者认知出现关键性错误的话，后面的一切行为结果都是撞大运，也不能说一定不会得到好的结果，毕竟瞎猫也有碰到死耗子的时候，但最初的问题若问错

了，后面答案是错的概率就比较大。如果你的初心是错的，那还是别坚持初心的好。方向错了，只会越努力越糟糕。

我们有时候会觉得自己的人生哪里不太对劲了，好像卡在了什么地方进行不下去了，在没有外力干扰的情况下，日子依然过不下去，特别艰难，阻力重重。实际上你的问题有可能出现在很久以前。我们每个人从小到大都一直在接受各种教育，在逐步社会化之后，会慢慢建立起自己的一套生活哲学。这套生活哲学是你根据自己的经验，在你独特的生活经历中实践得来的。假如你的生活哲学出现了一些问题，你可能不会马上知道，况且它在当时的情况下可能还会让你获益。你可能会遵从这个生活哲学一直往下走，直到你跟一个外部的环境产生矛盾的时候，才突然发现你的哲学不管用了，甚至有很大的副作用，你的生活哲学出的问题才会凸显出来。

每当这个时候，人的焦虑情绪就会出现。比如，你是一个在校的学生，当你还没有真正走入社会时，可能还没有意识到自己对社会的适应能力很差，毕竟学生不得不维护的社交关系相对少得多，你可以将这些问题搁置。等你毕业、开始工作了，你突然发现自己读过的那些看似无比正确的理论在实际生活中经常不管用，从小父母教给你的那一套做人的道理是过时的、不起作用的。日子再继续过下来，等到结婚生子的时候，你发现和爱人的相处模式有了问题，教育孩子也面临挑战。但是要知道，这个问题现在出现并不等于它是现在才有的，很多问题确实要追溯到过去，做心理分析也经常会帮助来访者往回追溯。

另外，当我们的人生哲学跟生活的环境产生冲突，有的时候确实是我们自己的观念陈腐了，需要调整，也有许多时候，并非我们个人出了错。有时候你是对的，社会是错的，有时候你的人生哲学没错，社会的发展方向也没错，但是大家步调不一致，节奏和速度不一致，这也同样会让生活在现代文明社会里的人感到不适。关于后一种情况，以我们国家为例，这些年我们的经济建设高速发展，但是中国人的很多观念、心理还停留在几十年前，在有些地区甚至可以说还停留在一百年前。这时候，有些人恰好冲到了浪尖，志得意满；有些人感到处处跟这个社会脱节，特别难以适应，会焦虑、恐慌、沮丧，等等。其实这些都是生存危机感，可能现实的生活没那么糟糕，但是他们就是有危机感。

在这样的时候，如果我们的一些原始印象里有对自己和对世界的错误的非理性认知，且对现在的生活造成了重大影响，就必须重新定位或者修正。请注意，我们在这里强调的是非理性这个层面。很多现代人在这个时候会倾向于寻找理性的方式来解决，但通常什么也解决不了。危机感、焦虑感，这些都是感觉，并不是现实生活中真正的危机。举个例子，好多老人喜欢囤东西，吃穿用度，什么都要囤许多，因为他们年轻的时候，特别是小时候挨过饿、受过穷，所以有匮乏感，以至于现在生活富裕了，还是要囤东西。那种匮乏感不是现实生活里真的匮乏了，而是一种感觉。满屋子的东西让现实的理性认知到自己已经拥有很多东西了，但依然没办法填满心里的匮乏感。

所以说，靠理性框架可以解决的是现实层面的那一部分，以及理性和逻辑认知方面出现的问题。我们现在所讲的生活哲学，不是在这个层面上讨论的，大家必须要分清这一点，才能够理解后面我们要讲的内容。尤其是许多读了很多书、很好学、勤于思考的朋友，会更倾向于去寻求很多理论的支持，生活中凡事都要去找本理论书来看，再加上听人讲课，希望把这些问题一股脑地放在理性框架中解决，你当然解决不了。生活中的很多事出了问题、进行不下去、做不成，不仅仅是因为方法不对，还因为你有情绪，你是一个有血有肉的人，不是一个机器人。大家不要小看这个情绪，你每天都在看成功学，看讲如何提高效率、如何专注工作的书，什么道理你都懂，可是如果你内心深处实际上非常厌恶你的工作，那么很可能看了一堆这种书也还是老样子。尤其是那些已经内化了的埋藏很深的历史情绪，是不能够仅仅靠讲道理解决的。

脑子里想再多、嘴上讲再好听的道理，那都是在走脑，而不是在走心。现代人动不动把“follow your heart”（跟随自己的心）挂在嘴边，可是你的心在哪儿呢？你都没有真正去了解它，怎么可能跟随它呢？这句话非常简单，但是也非常深奥，大多数人不明白，也达不到。生活在文明社会的现代人对自己的感知能力其实是被破坏掉的，因为我们的外部环境太强大了，个体的本能太弱了，感受力也太弱了。这不是一种批评，而是无奈吧。我们大多数人由于生活所迫，或者是由于诱惑等原因，不得不调动自己内心所有的关注度和力量去应付周遭的环境，或者被周遭环境莫名吸引。因此大家每天除了睡觉，大脑几乎是没有一刻停止接受外部信息的，无时无刻不在用脑。很少有人会停下来，去用心体会自己的情绪情感。

我们最常听到的话是，“别想那么多”或者“想那么多有什么用”，当你很伤心的时候，经常有人劝你不要再伤心了，可能还会帮你分析很多。对方当然都是出于好意，但伤心是一种情绪情感，是走心的，不是走脑的，不是分析一堆道理以后，就真的不伤心了。年轻人失恋时的那种好像胸口压着一块大石头的感觉，还有像小刀在一刀一刀扎你的心的感觉，像闷热的阴雨天被捂在塑料雨衣里，闷得透不过气的那种要发疯的感觉，这些都是你真真切切的感受，不是虚无缥缈的。不管讲多少大道理，你还是会感觉到，这是你的本能。失去一个重要的人的那种恐惧、痛心、迷茫……这些叫作感觉。

## 56 不要谈本能色变

我们有时候会太害怕自己的感觉，特别是痛苦的感觉，简直是太疼了。我们当然都喜欢愉悦和高兴的感觉，但是对于悲伤、恐惧、焦虑这些感觉，我们会因为不喜欢它们、害怕它们，不知道该如何面对和处理它们而选择逃避、否认。不要怕，虽然这些都被我们称为负面情绪，但是如果你还能感受到悲伤、愤怒、恐惧，那是因为你还有生命的活力，还有活下去的意愿。

这些本来隐藏在我们内心深处、不易被我们察觉的情绪情感，以很激烈的方式泛到意识层面上来的时候，让你已经无法忽视它们的存在的时候，恰恰是你了解自己的最好的机会。你应该好好体会你的自我，跟自我待在一起，好好相处一下，这是你撕开自我伪装的一个契机，也可能是你越狱的那个门、那个窗。不过，我们大多数人会选择逃开，有的人会去寻欢作乐，找一点儿开心的事情来麻痹自己。一时这么做倒也无妨，因为人可能需要一个应急的处理，这完全没有问题，但是你得知道，这样无视它的存在，不等于问题真的彻底解决了，完全不存在了。你如果真的想成长，想接受自己的话，还是要在你可以接受和面对的时候，把那个让你有一点儿痛苦的情绪放出来，再回过头去好好地面对它。当然了，有些朋友对自己过于急躁和严苛，不能给自己时间和耐心，不能忍耐和等待，这就走上了另一个极端。其实，如果暂时处理不了，你可以放一放，再拿起来，还是不行，那就再放一放，都没关系，等你准备好了再来处理，但不要真的当它不存在。

我们人类发明了许多方式去逃避那些自己不想面对的感觉。大家不要以为只是喝酒、嗑药、泡夜店这些，有时候健身、考证、上课、买书、旅行等看上去很正能量的事，也是我们逃避不快乐的途径。不快乐有错吗？我们前面说了，它让你不舒服，但人的本能、人的情绪情感是没有道德的，你感受到了就感受到了，它是客观存在，它没错，你也没错。比如我刚才说焦虑，你感到焦虑，好多人觉得焦虑太糟糕了，是洪水猛兽，我一定要克服它，战胜它，一定要让自己不焦虑，我要压制它。其实你压制它干吗？焦虑是你的心想向你传达信息，可能是对你非常有帮助的信息，这时候一定要好好听从你的心，它有话想跟你说。

很多年轻的朋友都看过日漫《火影忍者》吧，里面的男主角鸣人，他内心有一个九尾狐，他愤怒的时候这个狐狸就会出现，让他有超人的能力，但是他不会控制它。鸣人成长的一个重要内容，就是学会控制内心这头野兽。其实我们看过好多动画故事都是这样的，这是一个意象。九尾狐狸是人们的本能力量的象征。你最后掌握了你的本能力量，就能成为一代火影。这个原型故事被人用各种方式讲过很多遍，寓意其实是相同的。本能不是个坏东西，你要学会接纳它、利用它、控制它，你会发挥无限的潜力。

## 57 理性不能成为生活中的唯一真理

现代人常常会用理性的一面压制自己的情绪情感，其实是为了压制情绪情感后面的那个本能，但是我们的情绪情感以及本能其实可以是一个好东西，它是通往 D 的通道，小鳄鱼就是靠这种本能活下来的，它是一个奇迹。人也一样，到关键的时候，你来不及思辨，本能往往是最后能救你命的东西。

但是，在当今社会，本能在理性主义面前变成了让人为之羞耻的一部分。社会普遍崇尚科学，崇尚理性主义，经常把本能、感情、感性当成一种很低级的东西，和野蛮、原始画上了等号。

荣格提出，我们人类的原始本能和动物一样，是从你的内心出发直接通往 D 的，它同样是我们了解道法自然的一个重要途径。现代人觉得本能是比理性主义低级的东西，是因为理性主义确实是随着人类文明进步发展出来的，同时从心理上来说，它也起到了帮助人逃避绝望感的作用，甚至可以起到麻木自我、用理性化去隔绝自己感受的作用。和清楚明晰的理性主义相比，人类的情绪情感这些本能的产生物确实太虚了、不可捉摸，太过神秘了，不是特别好理解。我们有的时候那种灵机一动的东西，哪怕是对于同一个人，可能都是不可复制的，难以用科学的方式传播以及继承。

人类的发明创造绝不是仅靠理性产生的。再理性的人，哪怕是科学家在做研究的时候，也会有顺利和不顺利的机缘巧合，会有灵感乍现的时刻，因此是非常个人的。科学的规律是可以总结的，但是这样灵感乍现的瞬间是不可复制、难以解释的。你很难总结出什么特别明晰的规律，可以确保它再出现，因此也就没有办法用一种统计学的方式去描述它，不可能用科学去证实它，也不可能以现代文明的方式去复制、讲述、传授，感性渐渐变成了一种弱势。人们越来越依赖理性，依赖物质，依赖那种实际的、看上去特别抓得着的东西，依赖统计学、大数据总结出来的规则。人类从中受益，但随之而来的是许多人因此丧失了个性和自发性，如果没有一个可见的、清晰的、被理性总结出来的权威规则来指导自己，他甚至不知道该如何解决问题，也不知道该如何理解世界，人生的路该何去何从。这时候，人就放弃了自己与生俱来的本能的潜力，从某种角度来说，还不如一只生活在非洲的小鳄鱼。

当然，荣格并不是让大家从此不要理性，都去搞神秘学，去搞很虚的那些东西，荣格本人也并非这样。我所理解的荣格的本意应该是，一个人对自我、对世界的认知要建立参照系，理性不能作为这个世界上唯一的参照标准，不能成为世界上唯一的真理。以理性为唯一真理、唯一准则，容易成为一种教条，会让人认为任何不能被逻辑思维证明的东西一定不对或者不存在，这很容易走向另一种极端。

理性不能成为唯一真理，同时荣格还认为，在生活中理性应该是直觉和感觉的补充，遇到感觉和直觉解决不了的问题时，才要靠理性去解决。我们这部分内容的题目是“对生活的哲学和心理学的解析”，在这个讨论范畴之内，我是完全同意荣格的，至少在我们的日常生活中是这样。如果有一件事，我们通过感觉和直觉立刻知道答案了，就不必浪费时间再用理论去论证它是否正确，我们可以直接用实践去验证它，如果它有效果，那么事实本身就证明了这个答案是对的。

比如说，一对夫妻在生活中发生了点儿矛盾，不管用什么方式，把这个事情解决了就可以了，没有必要没完没了地辩论道理上的对与错，我们不是在搞国际辩论会。在职场上也是，这个客户是这种性格的人，那个客户是那种性格的人，真正的销售高手会在遇到客户很短的时间内做出判断，采取应对策略，做出相应调整。他很可能是靠一种感觉，看一眼，说上两句话，就知道这个客户是耳根子软的，还是不好对付的。你当然可以读很多讲销售的书，但是当你遇到具体的客户的时候，你会发现人和人是千差万别的，没有客户长得跟书里的例子一模一样，你还是要凭着直觉和经验去判断一个人。这个从发生到结束的过程，前后可能只有很短的时间，你不可能去做完整的理性逻辑的推演，或者搞什么系统去论证，然后再去实施。你就这么凭着感觉去做了，然后你就做对了。当然，事后我们可以再去分析事情成败的原因，正如荣格所说，理性和逻辑成了感觉和直觉之后的一种补充。

在生活中，当你依靠直觉去尝试解决一个事情的时候，你很快会知道这个事情是否已经解决了。这时候，如果两个人非得在逻辑和理论上挑对方的疏漏出来，必须从逻辑和理性上讨论出一个完全正确的答案来，那恐怕就会陷入无休无止、循环往复的辩论中，没完没了。你的日子怎么过？工作怎么做？很多人也是因此而变得多思多虑，他不相信自己的直觉，总是在纠结理论和逻辑，到最后反倒把自己折磨得情绪崩溃。荣格说，我们在生活或者工作上，遇到用感觉和直觉解决不了的问题时，可以运用理性和逻辑作为一个补充。比如，你想找份工作，有两个工作，这个工作你也想去，那个工作你也想去，直觉是你都想去，按照荣格的说法，这时候你可能需要列一个表，权衡利弊，理性分析，这时候理性和逻辑就应该登场了。

## 58 天赋出自本能

现代人生活在文明世界里，从儿童成长为大人，进学校，学知识，学习用理性和逻辑去认知这个世界，这是大脑的认知。同时，我们也可以用与生俱来的本能去感知世间万事万物的发展规律。我直接知道这个事情的答案，知道解决问题的办法，这也是一种认知，这是用心去认知，它们不可比较。有朋友问是不是本能最大？我认为不是。我们一再强调本能的力量，是希望大家不要认为理性最大。这个世界有许多文字无法描述、逻辑无法触及的深处，你要用另一种方式去了解它。实际上，许多伟大的人无论是理智还是本能都很厉害，尤其是本能。我记得有一次在武志红老师的微博上看他说他遇到过两个人，都是业界大牛且都是女性，有趣的是，她们都是不怎么讲逻辑的人，但是看人特别准，干事业时做决定也非常准确，两个人都非常成功。这就是我们所说的善用本能的人。也许搞辩论，她们未必能辩论得过你，但是她们能把自己的本能发挥到极致。我们通常管这种能力叫什么？叫天赋。所谓天赋，就是一个人通过自己的心感知到了 D 的规律，然后按照道法自然，顺势而为，这就是小鳄鱼做到的事。其实，这也是信仰真正的意图。逻辑理论强的人未必是有天赋的，逻辑理论可以学习，但是天赋是没有办法传授的。天赋只能属于个体，不可复制。

包括作家这个行当，那些伟大的作家也都是这样，尤其是小说家，既要有理性、有逻辑、有结构组织能力、有自控能力和持之以恒的能力，能每天完成写作这个任务，又要充分发掘潜意识和本能，寻找灵感。许多大作家的一个句子可以直戳读者的内心，这个东西不是靠理性和逻辑训练编得出来的，因为他捕捉到的是人的情绪、时代的情绪情感，这个是要走心的，不能完全靠走脑。诗人就更是如此了，顾城有首诗，“草在结它的种子，风在摇它的叶子，我们站着，不说话，就十分美好”。你说这诗有什么复杂的逻辑在里面？只是一个简单的画面，这个画面所有人都能懂，戳中了人们恋爱的那个感觉。而且也没有什么描述性的语言，就是给你描述了一幅画，诗人其实就用语言构建了一个意象、一个画面。你谈恋爱，儿子女儿谈恋爱，孙子谈恋爱，都会经历这样的一个过程，这么一种情绪。两个人相拥在一起，看着风吹草动都觉得十分幸福的那种日常。他们再念这首诗的时候，不会因为它不时髦了就感受不到。这就是我们刚才说的伟大作者的本能是很厉害的，都是本能通神的。

从我们搞创作的角度来讲，写作技巧其实是可以训练的，比如，很多写作班会教你怎么构架一个故事，什么时候抖包袱，什么时候要有冲突，叙事的节奏，等等。这都是可以学到的，只要你掌握这些技巧，按部就班地照着去写，作品多数是不会错的，可能还很优秀，这就是大匠。而大师则一定有着超出常人的感受力和悟性，他能挖掘潜意识，通过自己的感受力可以感受更多东西，他会有神来之笔，仿佛通天道，知晓了宇宙的秘密。他把这一切写下来，在人间传诵，但是他的灵感和创造力都是没有办法传授和复制的，只属于他一个人，这就是我们常说的天才。然而，如果没有那些理性逻辑的功底，徒有灵感，他可能连一个故事都完不成。因此这两者都非常重要。

## 59 本能和超我的分裂

除了低估和无视自己的本能的力量以外，现代人还有一个很棘手的问题，即本我和超我的分裂，也就是理智和情感的分裂，是我们内心的原始人和现代人的分裂。这样的分裂会造成精神紊乱，许多心理相对健康的人即使没有到达那么严重的程度，日常生活中也会有许多矛盾、纠结、斗争和撕扯。这让人非常痛苦，甚至会对生活造成程度不同的障碍。

为了把这个问题讲清楚，我举个犯罪心理的案例来说明吧，因为比较极端，会看得清楚一些。比如说，有一个连环杀手，他平时看上去是个老好人，在同事、邻居眼中总是温文尔雅、彬彬有礼，甚至是很好欺负的那么一个人。有一天，警方来把他抓走了，大家才知道这个人是个连环杀手，奸杀了一些女性。大家都非常吃惊。其实，温和的一面也是真实的他，连环杀手也是真实的他。我们每个人都不可能只有一种人格，这两种人格都是他的真实人格。

原来这个男人从小被母亲虐待，长大后还一直和母亲住在一起。他三十多岁了，他的母亲已经是个弱不禁风的老人，但还是可以随意打骂、羞辱他。虽然从体力上来讲，他是这对母子关系中的强者，但由于小的时候受到虐待，母亲给他留下的那个恐怖的意象便一直留在他的心底，对他起到了震慑的作用。这样的一个孩子，心态慢慢地就扭曲了，他非常期望得到母亲的爱，极力讨好母亲，但在潜意识里又非常憎恨母亲，有弑母的渴望。再加上传统教育可能让他接受了“天下无不是的父母”“对父母要孝顺”这样的思想，因此每次他被虐待、非常愤怒、恨不得杀了母亲的时候，他内在的那个孝顺的、很有道德观念的儿子就会攻击那个想杀掉母亲的野蛮的儿子。

如果他真的在青少年时期把这个愤怒发泄出来，跟他妈妈吵一架，哪怕离家出走或以其他方式反抗过，反倒好些，但是他常年压抑着内心的怒气，一直没有发泄出来，以至于后来走上社会，工作、交友都是很压抑萎缩的状态。然后有一天，他的母亲去世了，他压抑多年的愤怒达到了顶点，一下子控制不住，爆发了。因为他再也没有机会得到母亲的爱，同时也没有机会向母亲表达自己的愤怒了。好多连环杀手开始杀人都有个触发点，这个男人的触发点就是他母亲的去世。于是他开始寻找替代品，一个特别像他母亲的女人，奸杀了她，从此一发不可收拾。被他选中的受害者几乎都是特别像他母亲的女人。每次杀掉一个人，他的内心就会平静一段日子，然后愤怒、纠结、自我谴责这些情绪再慢慢累积，直到他需要再次杀人。犯罪心理专家认为，连环杀手一旦开始作案，除非有外力的阻止和干扰，否则几乎无法自己停下来。他们的手法会升级，两次作案之间的间隔会缩短。

我们中国有句成语，叫水满则溢，人的负面情绪也需要及时释放。所以，各位朋友，尤其是有青少年子女的家长们，不要总认为攻击性是坏事，不要总是压抑它，攻击性是人类的天性，人类如果没有攻击性，根本不会成为今天的人类，更没有人类文明的发展。没有攻击性的动物是树懒，每天抱着树干吃和睡就可以了。我们自己也好，孩子也好，内心有愤怒，有攻击性，需要想办法去疏导，而不是指责和压抑，方法可能因人因事不同，但是咱们得有个前提认识，就是有攻击性不是道德问题、人品坏，怎么去释放这个攻击性才涉及人品道德的层面。比如，有些非常有攻击性的孩子可以去参加竞技运动，篮球、拳击、剑道、冰球，等等，把攻击性合理地释放出去，这不是浪费时间，而是更有利于他静心学习。有攻击性的大人也一样，可以去参加体育运动，可以去做一些职业，比如军人、警察。这些正当、正义的职业本身就能把攻击性化为对社会有用的力量。一味地否定、压抑攻击性的客观存在，攻击性也不会真的不存在，它可能会转化成隐性攻击，可能变成对自己的攻击。

当人们总是否定、批判自己的本性，就会给内心造成痛苦的撕扯、斗争和分裂。哪怕是在不需要面对公众的私下，人有时对自我的描述都未必是完全真实和坦诚的。一个人要承认和接纳自己是很难的，尤其是你内心深处的那个所谓的“现代人”和“文明人”，他有理论基础、科学依据、群众观念做后盾，总是试图否定你的“原始人”。你内心的“原始人”会乖乖就犯吗？他也不会，他的力量比我们想象的要强大太多。你忽视他，压抑他，贬低他，批判他，最后反倒可能被他完全控制。你杀不死他，因为他是你自己的一部分。

## 60 集体主义成为最高道德

荣格认为，心理咨询师必须有能力从理智和情感两个方面跟来访者建立联系，既要照顾到来访者的本能这一面，又要照顾来访者理性、理智那一面。或者是了解他的逻辑思维，慢慢挖掘，从逻辑思维着手，撕开口子去了解他深层的本能；或者是在来访者情绪泛滥的时候去帮助他，把他从情绪中拉出来。心理咨询师是帮助来访者建立认知系统、协调来访者的原始人和现代人的矛盾的。这个活儿可真不好干。

一个好的心理咨询师，他不需要是先知、大师，不是像我们在影视剧里常看到的那种长着白胡子的智慧老者。人们常常误解，总觉得只要走进心理咨询室，自己什么都不用做，等着“大师”来点化就可以了。其实，咨询师就是个普通人，只不过他在探索心灵这个领域更有经验。他见过的来访者更多，陪伴他人探索过的心灵世界更多，可以横向将你的情况和其他人做对比。最重要的是，他是一个完全的局外人。我们常说，旁观者清，他可以在陪伴你的时候，看到你当局者迷的那个死扣在哪里。当然，你们共同的探索也可能有挫折、失败，兜兜转转地迂回，但是心灵探索这种事，有个人陪伴还是会给人很大勇气的。心理咨询师和来访者之间是一对一的关系，因此必然有适合和不适合的差异，越是好的心理咨询师越会知道自己的局限在哪里，能力有多少，和来访者是否适配。

但这些都不是我最喜欢心理学的原因。我最喜欢心理学的原因是，它是把人当作个体去对待的。虽然也有社会心理学、发展心理学，也会有大数据，有追踪调研，但是当一个来访者走进心理咨询室，和咨询师面对面的时候，他们会回归到个体和个体之间的关系。荣格说，个人的生活是唯一真实的生活，个人是这个唯一真实生活的载体。“社会”和“国家”只是概念，部落、氏族、公社，所有这些其实都是概念，这些概念里面没有具体的人，是一个空壳，当有具体的人聚集在一起的时候，所谓的国家、社会才成立。因此我们每个人都是无比重要的，我们每个人的生活都是最真实的，远比任何国家和社会的概念都要真实。在当今这个世界，国家和社会这种抽象的概念被一些具体的形象替代和偷换了，于是国家被人格化、宗教化、偶像化，人们开始对着它跪拜，然后希望它可以负责自己的一切、承担一切。

集体主义从理论上说代表的是“所有人”的利益，于是它成了最高道德。一遇到集体利益和集体中的个人利益相矛盾的时候，只要有人拿着这个最高道德向个体施压，大多数人立刻会矮一截。比如，我们参加了一个集体活动，本来老师说让你承担某个重要的角色，你也为此付出了很多心力，但快要到活动日期时，老师突然改了主意，想换另外一个同学代替你，你当然是不高兴的，这个时候老师一般会怎么劝你？“你要有集体荣誉感”“你要为全班同学着想”“大局为重”，对不对？

我们从小是受这样的集体主义教育长大的。集体只是一个概念，你毕业了，这个集体其实就不存在了，而这个概念却高于每一个像你这样实实在在存在着的个体。在我们的这个社会里，个体的欢乐和痛苦常常是被无视的。当个人和集体有利益冲突的时候，个人永远是被牺牲的那个，常常连句像样的安慰的话都听不到。如果你显露出一点儿委屈和抱怨，大家还会指责你不懂事。我们就是生活在这样的环境里，每个个体都被抹杀掉。

个人的痛苦不被看见，也不允许被发泄，很多人的内心是非常压抑的。这时人们就容易把自己的命运交给权威。权威代表了集体的利益，因此他所制定的教条的生活、统一的行为准则就变成了唯一的法则，并且不允许有纠错的功能存在。

对于个人而言，因为他的本能已经被贬低到非常弱势的程度，教条性的思想也就变成了一种条款、条文式的绝对性“真理”。请注意，只有理性才会产生教条思想，特别容易让人轻信和迷信。

## 61 被神话的权威

你可能会觉得迷信这些的人有点儿傻，但是请大家想一想，在这些人的心里，不相信这些东西还能信什么？这就是荣格说的信仰是一种本能。因为B、C这个层面对一个人的压力太大了，群众观念让他太痛苦了，而在他的A层面，内心又太孱弱了，于是他就到处去寻找D这个层面的东西，最后找到了一个自己可以信任和依赖的权威。权威告诉他：“我是通晓天道自然的人，你照我这个指令去做，你就自由了，解脱了。”然后把这些教条一二三四罗列出来。对于一个心灵孱弱、自我已经完全被吞没的人来说，生活一下变得简单多了。他不是真的自己悟到了D那个层面的道理，那种是西天取经，要经过九九八十一难的。他只是干脆去相信，只要相信了，就觉得幸福了。这种幸福可能是不长久的，但短时期内的幸福感是真实的，至少我今天晚上可以睡个安稳觉了。

在这样的情况下，人们把自己的个人生活交给了各种权威，让权威去指导自己的一切生活。在我们的生活中，处处有权威，官方的权威、民间话语权的权威、知识的权威、宗教的权威，不一而足。其实大家都在寻找信仰，只不过最后没能找到信仰，却被灌输了许多信念。人们轻信这些东西的时候，没有建立参照系，会觉得我信了你，我的生活一定会变好，我信了你，你就应该给我点儿什么。

比如某个所谓的宗教团体的大师，当善男信女们跟随在大师周围的时候，每个人都希望从大师那里多得些偏爱和指导，在这样的情况下，人和人之间反倒容易互相猜忌，也很容易产生隔阂，形成一种争风吃醋、争宠的生态。但凡有权力的地方，一定会有争宠的事情发生，因为个人失去了真正的信仰，失去了他内心深处感知的那个宇宙，他现在的信仰就是一个外界和尘世间自封的神。人有的时候是不知道自己有多重要的，也不知道宇宙就在自己的心灵深处。他轻信外界这些东西的时候，会更加希望得到权威的认可，这些轻信的人和人之间会互相倾轧。

心理学也是一样。真正的心理咨询其实不是让你把心理咨询师当成神去看待、去迷信，不是说你进了心理咨询室就是换了一个权威去顺从，由心理咨询师告诉你今天该干这个、明天该干那个。心理咨询师当然会进行一些直接干预性的治疗，但是归根结底，他首先是陪伴，陪伴你自己去发现你自己。咨询师能看到你的问题，但咨询师明白没有用，你明白才有用。

如果你真的读懂了荣格的这篇文章，就应该知道，心理咨询师被神话其实和以任何方式形成的权威继而剥夺个人的体验是一回事。而且也并不是说有名的咨询师就一定能解决你的问题。因为心理咨询师是一对一的，咨询师和来访者都是独一无二的个体。心理咨询师既要在理性逻辑上了解你，又要在本能上了解你，那并不是完全理论上的交流。在理论上，我相信心理学的大咖都很厉害，但是在心灵层次、本能的领域里，人和人之间互相了解有的时候要看是否能够匹配，个体之间是有匹配和不匹配的差异的。即使这个咨询师是很好的咨询师，你的感觉可能也是对的，但是如果你们不匹配的话，咨询师也会帮助你转介。我之所以讲这些，是希望大家明白，心理咨询是实事求是的，包括心理咨询师也是，他是可以承认自己有处理不了的情况的。咨询师是人，不是神，不是威权。

## 62 本能的复杂多变

荣格一直在强调本能的重要性，提醒大家不要低估本能，另外也不要简单化地理解本能。很多人之所以会低估我们人类的本能，是因为他们觉得本能只是动物性的那些东西，饿了要吃，渴了要喝，困了想睡觉，性成熟了想做爱，觉得“本能”两个字不过如此。这些当然是我们人类的一些基本的本能。但人类是高级动物，人类的本能也没有那么简单，或者说，它本来很简单，但是随着人类的进化发展，它越来越复杂。

动物是不会逃避自己的本能的，但人类会；动物也不会压抑自己的本能，人类会；动物不会把自己的本能打扮成另外一个样子，人类会。我们人类大脑高度发达，念了这么多书，学会了通过各种各样的方式逃避自己的本能，拒绝承认自己的本能，压抑自己的本能，人类的本能实际上没有动物的本能那么易于察觉和辨识，人类的本能已经变形了，这些都让人一步步远离自己的本能。我们经常听到这样一句话，“人最大的敌人是自己”。没错，你有多聪明，你的对手就有多狡猾，人想战胜自己，首先需要了解自己，认识真正的自我，而这真的不是一件特别容易的事。

讲一个具体的例子，这是一个强迫症的案例，来访者是一名财会，他总是不断地去检查金库的门关没关，恨不得前一分钟刚检查完，一转身，又怀疑忘记关门了。在这样的情况下，他完全无法安心本职工作，后来就去做心理咨询。我长话短说，讲结果。咨询师一直在分析，一层一层像剥洋葱一样，剥到最后，发现这个来访者真正纠结的是他们的厂长贪污，让他做假账。他照做了，但是又想举报这个厂长，可又觉得这样会影响到自己，于是在是否举报间纠结了很久。那是怎么发展到对金库门的执念的呢？因为他备受良心和道德的折磨，又整天担心东窗事发，自己也会跟着蹲监狱，他不知道怎么办。一种自我防御的机制启动，这个注意力悄悄转移了，他去关注金库门到底关没关，比帮厂长做假账这个事给自己带来的痛苦要小得多。开始的时候，可能只是个偶然事件，让他很担心金库的门没关，暂时忘记了更大的麻烦，然后他的原始人开始自作主张地帮助他，每次他为做假账的事烦恼，就开始担心金库门关没关，到最后变成天天担心金库的门是否关好，发展成了强迫症。这种状况前前后后的形成过程，每个人都不一样。我们这样讲，大家觉得很简单，很好理解。但是如果你是咨询师，你面对着这么个强迫症的人，可以说探索他的内心世界是很难的。一是他自己可能也不知道原因，二是他打心里不愿意承认。知道原因是一回事，解决问题是另一回事。知道了原因，就一定能够治愈吗？有的人的症状都已经固化了，没那么容易改变。

我们说过心理现实是客观的、自发的。这个人会不断地强化让自己去查看金库门，演化成最后那种情况，非常非常难治，强迫症比抑郁症还难治。事实上，他的内心冲突就是为什么不去举报那个厂长，不举报是因为他的生存本能，如果举报这个厂长，他在厂里可能会被打击报复，工作保不住怎么生存呢？但是他的理性道德又谴责他的生存本能。我们举这个例子不是为了讨论道德问题，而是说人的心理本能可以变形到这个程度，可以有多么复杂，人的自我可以有多狡猾。我们有的时候以为不就是本能吗，我特别了解自己的本能，其实有时候特别特别难。

除了和社会的矛盾、纠结，意识和潜意识之间的矛盾，超我和自我之间的矛盾以外，很多人的本能本身也是很分裂的。本能外化后的表现形式会被我们搞得比孙悟空七十二变还多，人会自己跟自己演戏演全套，各种矫情、掩饰、变形、压抑的剧本都自编自导自演。不过，万变不离其宗，最原初的本能涉及两个基本方面，一种是动力、冲动。比如性本能，这个大家都听过太多了，还有冲动本能，谁骂你，你骂回去。大家也许都听过那个新闻，一个人推着婴儿车挡住了另一个人的车，两个成年人发生了口角，结果司机下车把孩子扔地上摔死了。这就是完全被冲动的本能所驱动。我们日常在网络上发言，被人攻击时会骂回去，如果觉得骂回去不好，就拉黑。我就有冲动的本能，但也有理性思考，那就是我观察到自己的冲动本能，然后我接受我很生气这个事实，并且选择适合的方法，把我的冲动释放出来，让这个事情过去。这时大家可能还会遇到另一种人，就是来劝你忍的，比如说你怎么这么计较，你不要和那种人一般见识。我一般对这种人有一个看法，就是他对你的劝阻表面上看是在劝你，其实是在对你进行隐性攻击，否则他应该劝骂人的一方不要骂人才对啊。他在以劝你的方式巧妙地攻击你没有涵养、不够大度、太计较。他认为自己是有涵养的、能忍让的，但他其实是有反击的冲动的，他的超我一直在压制自己的本能。当他看到你这种想回击就回击的人时，就像看到了他想反击的那个被压抑的自我，于是他的超我必须站出来规劝、评判你。你的行为是他内心不敢释放的自我，他不能忍受你远胜于不能忍受攻击你的人。

荣格提到的另一个动力是意向，这个比较简单，就是我们的愿望和欲望。我想要好多好多的包包，我想要大房子，我想要过某种生活，我想要别人看到我、赞美我。

## 63 特殊意义和目的的本能

特殊意义和目的相对来讲复杂很多。动力、冲动和意向本能是很好辨认的。人类在经历了文明的洗礼之后，还是饿了要吃，渴了要喝，遇到灾难会逃跑，身体健康的正常人会有性冲动。在这些方面，人和动物的区别没有那么大。但是，动物的本能是它们所有行为的向导，人类可不一样了，人类还有寻找特殊意义和实现特殊目的的本能。心理学对此也有不同的解释。比如，弗洛伊德早期把所有的本能都归结为第一种动力本能，但是他自己后来也承认，“除了压倒一切的性本能之外，还存在着‘自我本能’”。这等于认可了阿德勒的观点。马斯洛则把人类的本能分为五个层级，后来的弗洛姆则总结出了人有十五种本能，这十五种本能除了前文提到的那些很好辨认的本能以外，还有“好奇心”“被社会排斥的恐惧”“荣誉感（道德）”“独立”“秩序”，等等。我个人觉得这些都是原始本能的升级版，因为人类文明有了人和社会的关系，很多原始简单的本能变复杂了。既然复杂，就会有纠结和冲突，弗洛伊德和阿德勒两个人都承认，人类的本能和本能之间是存在竞争的。想想我之前举过的减肥的例子，那是一个人内心世界中“想吃的我”和“想变漂亮的我”之间的竞争。

荣格所说的本能的第二种方向是特殊意义和目的。比如说做游戏，我们观察到动物在幼年期都会做游戏，但是成年之后就没有了，成年动物的主要活动就是生存捕猎和繁殖，剩下大多数时间是睡觉，它们不玩儿。人在儿童期游戏，但是长大以后还会继续游戏，网游、桌游、棋牌，体育运动本质上也是人类的游戏。人类从游戏中得到很多东西，也学习到很多东西，人类是唯一在成年后还会做游戏的动物，这种需求是精神上的。现在许多人对游戏有偏见，把游戏当作不正经的东西，觉得只有儿童才游戏，大人就不应该游戏了，这其实是无知的。除游戏以外，还有荣格所说的宗教信仰的本能，即我要找一个权威，找一个更大的老大罩着我。人寻找精神上的信仰不是出于简单原始的生存需要，这是荣格所说的特殊意义和目的。有些人对信仰存有偏见，这同样也是愚昧无知的。动物不需要精神信仰，但人需要，虽然不像生存需要那样属于最基本的，但的确是存在的，它属于人类的特殊本能。

许多简单的原始冲动因为人的社会化，也会变得复杂起来。在这里我想特别说一下性欲，我个人认为，人类的性欲如果不加诸太多的社会性的影响因素，其实是很好辨认的。一个男人看到一个女人，对她产生性欲，身体就会有反应，会告诉他，但看到另一个女人就没有。加上社会性因素后，比如说这个姑娘是他哥们儿的女朋友，这种反应可能就不被承认了，可能就变形了。他开始觉得特别厌恶这个姑娘，所有人，包括姑娘自己都认为他很讨厌她。再比如，本能和本能之间是有冲突和竞争的，我们之前讲过一个胖女孩，又想吃，又想变漂亮，就是两种本能在打架。最后是吃的本能占上风，还是想变漂亮的本能占上风，或者在一个阶段哪种本能占上风，可能最后是由她在某一阶段的特殊意义和目的决定的。稳定关系中的男女常常会有我们所说的“幸福胖”，除个人身体条件或者日常饮食这些因素以外，还有可能是他们内心深处吸引异性的意愿已经没那么强烈了。

## 64 学习和模仿的本能

一方面，本能会赋予我们人类天生的本领，不用去学习，但另一方面，学习和模仿的能力也是人类天生的本领，而且人的学习模仿能力非常厉害，这种能力也是人类超越其他物种、成为地球主人的一个最重要的原因。不过世间万物都有其两面性，荣格认为，人的学习能力同样是一把双刃剑，一方面，它让人类有了改变世界、驾驭万物的能力，另一方面，学习也会让我们失去本能，我们自己也会被这种能力改变，变得易于受外界的影响，因为学习最本质的就是模仿。

说到被学习改变，大家可能并不陌生。我们在日常生活中观察一下就会发现，有些特别善于模仿的人做事容易不够专注，易受外界信息干扰。学得快的人涉猎广，什么事一学就会，但是可能样样都会一些，样样都不精通。有时候最聪明的那个孩子反倒一事无成，也是很好理解的。金庸小说里的郭靖是一个反面的例子，他看上去比较笨，反应没有那么快，其实是不善于模仿和吸收。但他一学起来，不易受外界干扰，都是深度学习，后来他也成了大器。

还有一个三胞胎的故事很有意思，给大家讲来听听。那是我一个前同事，他生了三胞胎女儿，因为自己照顾不过来，就把老大送到爷爷奶奶家，老二送到姥姥姥爷家，他们夫妻俩带老三。到孩子们两三岁的时候，这个老大经常被母亲数落和打。当时我特别不能理解，三胞胎都是亲生的，而且都是小宝宝，也没有谁长得更好看、智商更高那么大的区别，这待遇怎么差别这么大呢。

我们办公室里有一个四十多岁的大姐，她没读过什么书，但是凭着过来人的经验看出了原因。因为老大是奶奶带大的，前同事家的婆媳关系一直不太好，小孩子是最善于模仿的，奶奶带大的孩子肯定更像奶奶，除了生活习惯，她的微表情、说话的语气和方式也一定和奶奶很像。结果，妈妈看到大女儿就像看到自己的婆婆，可能一个皱眉、一句话的语气就让她心里火冒三丈，觉得这也不对，那也不对，全是坏毛病，一定要纠正孩子。然而自己和自己母亲带大的两个孩子对这个妈妈来说就没有那么多的问题。这就是这位妈妈无意识中的情绪投射。荣格说，学习和模仿是人的一种本能，即使你不是有意识地学习，也是在下意识地学习，哪怕是一个小婴儿都会下意识地学习和模仿，近朱者赤，近墨者黑。所以我们才说，人类的学习和模仿能力是天生的，是一种本能。

## 65 学习能力带给我们的痛苦

学习能力可以让人类不断进步，我们每个人都可以从学习中受益，这是毋庸置疑的。但是，学习的能力也会让人慢慢陷入痛苦，我觉得对于这一点，有些人也是深有体会的，如果不学那么多东西，不懂得那么多，可能也不至于有那么多痛苦。因为你学的东西越多，接受的信息越多，就越有可能和你的本能疏远，在有些极端情况下，还会导致精神紊乱的状况发生，人会陷入一个怪圈。

这样的说法可能有点儿绕，所谓怪圈到底是怎么回事呢，我按照自己的理解给大家解释一下。我们每个人在内心深处都对自己有一定的认知，但是一个有学习能力的人在“认识自我”时常常是东看西看，吸收很多外界的信息，这些外界的信息便成了他的参照物。就说日常生活中常见的学习吧，大家是否知道，我们现代人的审美其实是经过学习能力驯化之后的审美？比如，女孩子以瘦为美，把脸都整成蛇精脸，有些女孩其实很好看，但是她每天看时尚信息，广告上都是很瘦很酷的女孩，生活奢侈豪华，被男人追求，等等，这其实就是一种潜移默化的教育：你变成我这个样子，买我的商品，你就会有爱情，就会生活得更幸福。然后，女人的审美开始从最初原始的状态变成经过学习之后的审美，女人开始按照时尚流行的审美标准去修正自己。我们很多人都体会过痛苦的减肥过程，可以说，女性减肥为了美可能更多于为了健康。许多胖女孩会因为自己的身材而自卑，受到若有若无的歧视。在一些极端的情况下，有些本来不胖的女孩也非常焦虑，拼命减肥，得了厌食症。而为了“美”把自己饿死，绝对不可能是一个人的本能，何况瘦成骷髅也不美，但是她是控制不住自己的。

我们所说的学习能力并不是只有去学校上课、看书写字、记笔记这种行为才叫作学习，人也不会在离开学校之后就停止学习。当我看到一个明星很会穿衣服，看到某个同事很会处理人际关系，我就会模仿他们，这种模仿就是学习。有些是我们自觉主动地去学习，有些是下意识地模仿他人。人只要活在这个社会上，就难免会在某个方面、某种程度上学习他人、模仿他人，这是不可避免的。

于是大家为了变成一个“更好的人”，每天都在孜孜不倦地学习。即使离开了校园，也在看书学习，浏览网页学习，听网课学习，学理财，学持家，学化妆，学健身，学育儿。我们不断地向外看，看环境，看他人，不断地吸取知识，不断地模仿他人。现代社会的信息轰炸让人应接不暇，认为积累很多知识，就能把日子过得更好，结果发现这简直是痴心妄想，因为我们的世界变化得太快了，当这个世界的运行速度比较慢的时候，人们可能还会有闲暇的时间，静下心来往自己的内心看一下，但是当世界变化太快的时候，每个人都害怕明天要落伍，要被淘汰，这个时候你哪有心思向内观察、认识自我呢？随着年龄的增长，你会越来越焦虑，考虑自己四十岁以后在这个行业里怎么办？你结婚生子了，看似已经很成熟、对自己很了解了，可是谈何容易，孩子每天都在长大，老人面临着养老的问题，这些摆在你眼前和未来等着你去解决的问题都太难太难了，人生的这些任务是如此艰巨。如果我完成人生所有的任务，我就会得到幸福，这种想法就像驴子眼前挂的香蕉，很甜美，散发着美好的气味。人在这样的情况下会用全部精神去学习，用全部的专注去看外面的世界，模仿他人，在调节自己的过程中，慢慢忘记了观察自己、了解自己、接受自己，也与自己的本能渐行渐远。

即使学到了一堆心理学知识，也一样可能对你真正去认知自我起到反作用，因为你急着想快速解决问题，想走捷径。你看来了一些理论和观念，开始鉴定自己，用我是一个第九型人格，我是一个内向的人，我是一个外向的人这些概念来给自己下定义，然而这些关于自我的概念并不是对自己真正的认知。人一旦开始读书写字，一定会学习很多概念，这些概念有读书得来的，也有心理测验得来的、占星得来的。每个人被概念所定义，也被概念所限制，最后这些概念往往会取代客观现实。在这本书里，我们所谈论的客观现实指的是你心里的客观现实。

玫瑰如果不叫玫瑰，它的芬芳还是一样的。你看不到、不愿意面对的本能，也一直在那里。当你的脑子每天都在不断地从外界吸取和处理各种信息，忙得眼睛不够看、脑子不够想的时候，你从来没有停下来去体会自己的内心世界。你内心深处的那个世界，和摸得到、看得到的这个外部现实世界是一样的，它是客观存在的。我们用学来的知识，用理性的概念来构建的概念化的自我，常常是一个在学习模仿的过程中用概念描述出来的自我，它和本能层面的那个自我是非常不一样的。有时候，越是文明开化的人越是痛苦，不念那么多书，不去习得那么多东西，可能还不会离自己的心灵太远。但是，这条路我们都没办法往回走，只能继续向前探索，人如果不是出现突然的生理性问题，也不可能退化成小学水平，不可能退化成不识字的人，我们只能往前走。这个时候，意识和潜意识、精神和物质、知识和信仰之间的矛盾冲突就会非常严重。

## 66 没有道德的本能

前文我们说过，潜意识也好，本能也罢，都是没有道德可言的。不管是私德，还是公德，道德都是一种行为规范和准则。人进入了逻辑思维的意识层面以后，才会有各种行为评判的标准。本能不然，人有本能，动物也有本能，但是动物没有道德，动物连逻辑思维都没有。本能的一大特点是没有道德。一个已婚女人喜欢上了她的邻居，白天的时候还能把持住自己，但是晚上会做和邻居上床的梦，这就是本能。

从这一点上来说，本能的本质其实跟 D 层面的道法自然，和“天地不仁，以万物为刍狗”异曲同工，本能其实就是道法自然的一部分，无所谓善良与邪恶。有的时候，我们跟某个人吵架，非常愤怒，恨不得杀了对方，虽然没有那个胆量，可是那种愤怒的情绪应该被道德指责吗？不应该。愤怒是人被攻击时自然而然产生的情绪，它是动物生存所不能缺少的，是大自然给予的力量源泉。人生活在这个社会上，不是一个人独活，愤怒有时当然会造成不好的后果，你得学会控制，但愤怒也说明你的生命力旺盛，有活下去的能量。受到侵害却完全不觉得愤怒、只一味顺从的人也是有问题的。你要接受自己内心那个愤怒的孩子，而不是一味指责他，可能这样反倒有利于帮助你更好地处理身体里的这种巨大的能量。

正因为本能常常超出社会道德规范的限制，因此具体到一些情况，它经常是不被允许的，甚至连谈论都是不被允许的。不仅仅是不被外部的群众观念允许，也不被我们自己的道德观念允许。一个女人不喜欢小孩子，她做了母亲，觉得孩子好麻烦，但是她不敢说。她担心自己说出来会被批判，因为人人都觉得女性爱孩子是天生的。但人不是145克的石头，纵然都是女人，也并非每一个都会爱小孩子。但是，这个母亲不敢说出来，她不敢在社会环境和舆论下去讨论。如果她是能想通的人，也许会允许自己的本能存在，想不通的人则会用概念化的自我去代替那个本来的自我，不断给自己催眠，“我也是很爱孩子的，我也是一个好母亲”。她会对自己的本能施加否定和压制，那么内心的矛盾冲突就会越来越激烈。

再比如说，一个女孩，她其实很喜欢竞争、好斗、有进取心、想赚很多钱、很有攻击性，但是她十四五岁的时候，突然发现温柔漂亮的女孩最受男生欢迎，自己这个类型的很容易被人当男人婆，于是她便开始学习和模仿那些温柔漂亮、看上去很被动的女生，但是她内心的攻击性实际上是一直都在的。她长大之后，把自己训练成了一个温和的女孩，看上去特别礼貌，但她会时不时言辞刻薄地讽刺别人一下。如果她能够坦然地接纳自己的攻击性和进取心，把她的攻击性用在竞争中，学业竞争、工作竞争，各方面都坦然地竞争，并接受这样的自己，那么她也许可以在竞争中得到快感和成就感，内心世界会平和很多。

以上我们所说的这些，都是在讲为什么学习能力让人类进步，让我们有今天的幸福生活，但也能造成我们的精神困扰。我们每个人都忙着学习适应社会，尤其在中国社会这样飞速发展的情况下，简直像坐过山车一样飞快。我们都不假思索，全部精力都在学习适应社会，渐渐地跟着社会潮流走，迷失了本性，我们的灵魂跟不上肉身。当你内在的原始人很焦虑、很恐慌的时候，你很少能静下来跟他谈一谈，而是立刻去寻找外界的力量，然后用成功学、励志、鸡汤把自己的情绪解决掉，压抑掉，遗忘它，当它不存在，接着就披挂上阵，去征服世界了。这种学习只会让我们离自己的本心越来越远。

## 67 外归因的认知方式

双眼紧盯着外面的世界，看不到自己的内心，会让人渐渐养成一种向外归因的思考习惯。当这样一个人遇到问题和麻烦的时候，他总是试图责备他人、改变他人，或者试图改变外部的环境。他人和社会可能确实有问题，但当一个人自身个性分裂、内心冲突非常严重的时候，仅仅靠解决外在问题是得不到真正的内心解脱的。

当然了，人活在世上，无论是身体还是心灵，没有几个人能拥有完美的健康，多多少少都要带病生存。孤独和痛苦也是人生的一部分，谁也不可能活得那么正确，那么完美。那些无法真正认识自己的人，平日里可能过得也不错，如果一个人运气足够好，没有经历过生活的动荡，没有遇到困境，他这辈子可能也就这么度过了。但世事无常，如果这个人的内心本来就有比较严重的矛盾和冲突，一旦面临生活考验，也许这个考验都不是特别严峻，就会产生很大的问题。甚至生活中并未遇到什么，但由于内心问题长期得不到解决，最后量变不断堆积，形成质变。

一个人的生活哲学影响着他的行为方式，也必定会影响他周遭的生存环境、他身边的人。做老板的不会让下属好过，做父母的不会让孩子好过，做丈夫、妻子的最容易迁怒伴侣。在这样的情况下，一个人的社会关系、亲密关系就不知不觉地被自己搞坏了，他的生活也会变得不太容易。周围这些人会再反回来影响他的生活，形成一个恶性循环，永远在原地兜圈子。一些事在他的生活中轮回一样地发生，他数十年如一日地抱怨着同一个人、同样的问题，如此往复，却从来无法触及问题的核心，真正地解决问题。从另一个角度来说，许多心理状态不佳的人其实现实生活条件不错，幸福就在手边，摸得到、看得到，可是他们却无福享受，就像是在茫茫大海里漂泊的人，周围全是水，却眼睁睁地要被渴死。

解决自己内心深处的历史遗留问题和心灵成长是非常重要的，这并不是说简单地把所有错误都归咎于自己，而是要更清楚地认知自己，这有助于你看清边界，至少你能搞清楚这是别人的问题，还是自己的问题。你的男朋友不回短信，是他的问题，还是你有内心创伤，你自己控制不住的情绪泛滥了？虽然自己的问题可能一时还解决不了，男朋友也无法帮你解决，但至少你能够划清楚一条边界，对你的男朋友公平一些，不至于为此把一段本来很好的亲密关系搭进去。

生活中遇到不如意的事情时，总是归为别人的错误，希望别人去改变，希望环境去改变，从一种环境换到另一种环境，这个男朋友不好换另一个，你觉得这样会解决问题吗？如果你自己内心深处的问题不解决，换多少环境，和谁谈恋爱，都是没有用的。下一个男朋友还是有可能不回你的短信，你还是会崩溃。再比如情侣吵架，一个人说，我是一个没有安全感的人，我认为我是一个不值得被爱的人，于是整天跟自己的爱人较劲。可是，你认为你是一个不值得被爱的人，这个事儿是你父母造成的，不是你的伴侣造成的，因为父母没有给你被爱的自信心和安全感，所以你不相信对方爱自己，要求对方一遍一遍地证明给自己看，证明了一次，过几天，又不信了，又需要证明。我们看社会新闻里两个年轻人谈恋爱，为了证明自己是真爱，又是跳河，又是写血书。我们经常说这个人怎么这么“作”，其实这么“作”的人都有他深层次的原因。如果身边有这种爱人，你不要去一味地反复证明自己，没有用，你解决不了，也填不满对方这颗缺爱的心，这个帮助对方的方向是不对的。你应该让他去找他父母，或者找心理咨询师，然后再加上你的帮助，这样可能更有效果一些。

我们首先要尽量纠正和避免认知上的误区，只有认知基本正确，接下来决定该如何做，有效性才可能会更高一些，才能分清楚一件事是内因还是外因，对症下药。除了那些外力不可控的偶然因素，任何问题最有效的解决方法都建立在认知正确的前提下。一味地试图用改变外部环境和改变他人来解决自身分裂的问题没有用，不认识自己没有用，读很多哲学书、看很多教你怎么样跟男朋友相处及怎么样处理人际关系的书也没什么用。你若不肯诚实面对自己，学再多技术和知识都是没用的。

## 68 认识自己的阴影面

在社会生活中，除了本能以外，个体意识也常常是被贬低的。个体意识在人类社会中常常处于心理劣势，而集体意识则是处于强势的，因此在群众主流观念的包围下，许多人是无法谈论个人内心世界的真实想法的。不仅仅是无法与他人谈论，甚至在自己的内心深处都是无法坦然面对的。人们有时候在谈论的是一个虚构的自我，比如，人们认为女性应当温柔顺从，具有攻击性的女性容易被人诟病，于是许多女性隐藏了自己本能中的攻击性，做出一副柔弱的样子。不能谈论真实自我的人久而久之也会分不清自己的个性中哪些是虚构的，哪些是真实的。这部分不能正视自己有攻击性的女性，当她们伤害到别人的时候，完全无法去正视自己行为的性质和后果。长此以往，她们对自己的人设就信以为真了，因此会一边攻击他人，一边由衷地觉得委屈，认为是自己在忍辱负重。

在本能不断被道德审查、判断、压抑的情况下，人的精神世界的对立面和道德的对立面将不再在你的内心深处展现，你的原始人学会了伪装和隐匿，你所认知的自我不是一个复杂的、既有阳光下的一面又有阴影面的自我，而是变成了一个虚假和片面的自我。事实上，那些允许自己的阴影面存在、深明自己有光明的一面也有阴影的一面的人，心理反倒相对更健康一些。当一个人认识到自己有负能量，有阴影面，不够完美，也允许自己的人性中有这些的时候，他才能看到这个真实的自我的多面性，他才谈得上是凭借着自由意志在自己的阳光和阴影之间做选择。

而那些从不接受自己本能里的阴影面，无法认知真正的自我的人会怎样呢？荣格认为，当一个人给自己设定的人设只有善的一面，他会在不知不觉中忽视、否认，或者压抑、批判真实自我中阴影的那一面，不允许它存在。这时候，他会向外部世界展示虚假的自我。同时，这个人内心深处，那个被压抑、不被允许但依然还是存在的阴影面也会投射到外面，只不过会以另外的一种方式。于是，这个人会到处找假想敌。所以我们会看到，贞洁烈女会对思想开放的女性深恶痛绝，很多自认为无私的人会特别厌恶那些公开为自己争取利益的人，因为自私的那个人就是他内心中不被允许存在的原始人，是他真实的一部分自我。他强烈地否认自私的这部分自我会投射到外部世界，令他加倍讨厌对方。压抑着自己性冲动的人看到放纵的人会深恶痛绝，虽然对方和他完全不认识，对方的私生活其实并没有对他造成任何损害。

大家可以观察一下身边有没有这样的朋友，在你看起来是一件小事，但是这个朋友的反应会特别大，你可以想想为什么他会有这么大的反应。让他分外敏感、惹怒他的那个点，有的时候正是你这个朋友的另一面，是内心深处不允许也不承认的另一面。他看到别人泰然地成了他所不能成为的人，做了他想做而不敢做的事，就会厌恶对方，这种憎恨会导致他的攻击行为。观察完身边人之后，你可以观察一下自己有没有类似的情况。

这一点我自己也深有体会。我现在明显比自己年少的时候心胸宽广了，对自己和对他人都更能接受了。主要的原因其实是对自己的接纳，承认并且允许自己人性中阴暗的一面存在。

我接受我脾气可能没那么好，是有攻击性的，接受自己是有私心的，也允许自己有无情、冷漠的一面，我允许自己有这些在外人看来不那么美好的一面。当遇到一些人和事的时候，比如为自己争取利益时，我可以相对清楚地看待自己，能接受自己的行为到什么程度，那么这个时候，我会对自己的行为做一个选择。比如，我有些嫉妒某个同事，我可以坦然地承认和面对自己的嫉妒，我明白并且接受自己其实是想成为对方那种人，取得对方那样的成就，那么我会选择对自己真正有利的方式，比如不伤害对方，必要时也可以远离对方，同时正视自己的欲望，更努力地去争取，用正面的方式去满足自己的欲望。在做一些好事、帮助他人时，如果超越了我能承受的底线，我的自私完全无法允许我去做超出这个范围的事，我就不去做，我不会因此觉得愧疚，不会逼迫自己去做个好人。虽然看上去都是做一件好事，但是我承认自己的能力和心理上对这件事的接受程度有限，我是客观真实地评价我自己的，我没有那么挣扎，不做也不会感到愧疚，做了也不需要别人感谢，我就图一个高兴，我很开心。当我们肯承认自己也有自私的一面时，我们去做一些好事的时候，才不会总惦记着别人怎么不回应我、怎么不感谢我、赞美我。

不是道德让你必须谦虚，而是你全部都在自己的内心深处解决了。这就是当一个人人格完整健康的时候能做到的知行合一。我不自我审查、自我批判、压抑和攻击，对这个世界也必然会少了许多恨意的投射，也就不需要忍耐，真正地对人、对世界都更宽容。如果一个人永远摆一个虚假的人设在外面，内心世界却压抑自己的多面性，或者不承认自己的立体性，那么这个人的内在人格其实是不完整的。人们不接纳自己的时候容易产生内心的冲突，演变出心理不健康的后果。

## 69 集体性精神错乱

反观自我、认知自我对于个人是如此重要，对于群众运动也是一样的。当人们聚集在一起时，如果集体中的成员的个体意识被完全淹没了在集体中，完全丧失了对自我意识的观察和反省能力，就会出现集体性的自我失察，取而代之的是大家一起将焦点对准外界，把一切事情进行外归因。人类以群体来划分敌我的斗争，由此便产生了“我们这些人之所以会过得不好，全都是因为你们这些人把这个世界搞糟了”这种想法。

这个时候会形成一个循环，个人的自我失察让他丧失责任感，集体裹挟着所有集体成员，要剥夺他们的自我认知和个体认识。反过来，这样被剥夺了自我认知的个体又会特别依赖这个集体。如果这个集体本身同时又整体地缺少荣格所说的那种真正的信仰，那就更糟糕了，这个集体会特别容易直接奔向专制和独裁。在这样的情况下，集体已经团结成一个人，他也会跟人一样，把自己内心深处的敌人投射到外界。纳粹时期的德国社会就是集体性的精神错乱，集体性地把敌人的投射扩散到整个世界，全世界都是他们的敌人。

对自己诚实，要客观地认识自我，要面对自己内心的善和恶，把自己当个人，最终受益的将是我们本人。有句话说得好，善良是一种选择，什么人会面对善良的选择？那些能够意识到自己的内心有善恶、能擦亮眼睛做出选择的人，才会真正地去权衡利弊，做出有利于自己身心健康的选择，而不是毫无意识地被欲望摆布，也不是毫无意识地去维护已经让自己觉得压抑和痛苦的人设。而那些坚信自己人畜无害、对内心的阴影面毫无意识的人才是可怕的，做起恶来可能会是更巨大的恶。

人的个体差异非常大，特别是在更复杂的本能这一方面，千变万化。对内心世界的认知和探索主要还是靠我们自己来完成。在认知自我的这条路上，我们每个人多多少少都会处于某种孤立无援、与世隔绝的境地，更不要说，还有来自你自己的干扰、各种诱惑的欺瞒和哄骗。在这样的情况下，去面对我们不愿意面对的往事，认知真正的自我，让我们内心深处那些无意识的真相浮出水面，变成眼前清晰的认知，能做到这些是非常难的。

这就是为什么在很多时候无止境地去讲逻辑、讲道理、劝说、管教是没有用的，因为事情不是发生在你的头脑里，而是在你的内心里。如果你无视自己的本能，读再多的书也不会解决你内心的痛苦。

## 70 允许你的“本能”

有朋友问我怎么认识自己的本能。这比较复杂，也是个漫长的过程，但是在这里我可以分享一个比较浅的经验，送大家一个词，叫作“允许”。我觉得有的时候，我们首先要允许自己的本能存在，允许自己有善念，也有恶念，甚至有些不是那么高大上的、龌龊卑微的小念头，你也要允许它。爱面子没关系啊，不把它讲出来就好了嘛，内心承认它就可以，只要你没有真正地以外在行为实践它，它就没有对他人造成任何实质性的伤害。你不要那么轻易地否定它、拒绝它，真的要把自己当成一个孩子，哪怕是个坏小孩，也允许它存在，大家聊一聊也无妨。不必非得要评判它、纠正它，就是看一看，它真正想要的是什么。

你可能会有世俗评价的那些善良美好的本能，但那些不善良美好的本能也是你的，都允许它的存在就好了。道法自然就是这样，天地万物没有什么仁义、邪恶之分，野兽有野兽的纯真，它们的世界也没有这么多道德规范，所谓正义、邪恶，都是人类文明的结果。对于本能，你就是不要要求它那么多，只要允许它在内心深处就可以。我在走入社会的时候，作为一个社会人，我可以做选择。我当然有各种各样的欲望，但是我也可以选择，“发乎情，止乎理”，这就是人的选择。但是你不能说情都是不对的，情没有错，你看到一个姑娘，你对她产生冲动，哪怕你结婚了，冲动本身也没有错。至于你如何做行为上的选择，这是另一个层面的事。

人其实是潜意识和无意识二者兼备，我们谁都不要把自己想象得完全纯洁无害、理智明达、仁爱善良。从不怀疑自己的动机，从不扪心自问，完全无视自我潜意识的真正的动机，精神上是可能会不健康的。其实这样的人也是最可怕的，因为你不知道一个把自己视为正义代表的人，在不知不觉中投射出去和放大的敌意会让他做出什么事儿来。

## 71 被学习耽误的天赋

最后我们回到学习这个事儿上来。我知道大家都是很爱学习的，我也特别爱学习。这是特别有意思的一个悖论，一边学习，一边说学习的坏处，说学习有一体两面，让我们痛苦。

现在有个词，叫“知识焦虑症”，越是爱学习的人，可能对这个词体会越深。我们都是比较幸运的人，有机会接受现代文明的教育，可以说是知识的获益者。不过有的时候，我们反过来也会特别依赖知识，依赖科学技术理论这些东西，从而丧失和放弃了自己宝贵的天赋。许多受过高等教育的人会自然而然地把非理性因素看作是一种落后，如果大家能够修正一下这个观念，其实是一个好事。虽然非理性因素是更原始的，但它和理性因素并不完全是先进和落后相对比的关系，它们是不同的两个领域。大家当然应该运用好理性工具，但是与此同时，如果我们还能够重拾与生俱来的那些天赋，那将是多么美妙的一件事。这就等于两条腿走路，一定会打开一个新天地的大门。千万不要对本能报以轻蔑的态度，那真的是一个好东西。有个朋友问，难道本能是最大的？当然不是。难道理智是最大的？也不是。人可以既有理性，也不丧失本能，人是能做到这一点的。好多大科学家绝对不可能是死读书、死讲理性和理论的人，他们一定是悟性非常高的，而好多伟大的艺术家也不是只有本能，他们在完成作品之前，都经过了许多刻意的训练。

退一步来说，即使不需要本能给我们带来的好处，只想做一个绝对的“理中客”，也是不可能的。潜意识是客观存在的一种心理现实，潜意识的表达方式不是文字，而是感觉、幻想、情绪冲动、梦的意象……潜意识和我们日常的逻辑思维不是一套语系。你能够控制住自己不做梦吗？遇到触动你的事，你能控制自己不发火，但是能控制自己的内心不感到愤怒吗？没有人是绝对理性的人，完全隔绝潜意识根本做不到，你不承认它，它也在你的人格里，潜移默化地用它的方式左右着你的人生。我们不妨去学习和接纳它的表述方式，看懂自己，也看懂别人，看懂这个世界。

荣格把人的潜意识称为原始人，下面我用一个类比的方法来说一下我的理解。不知道大家有没有注意过，除艺术家、摄影师等职业因素以外，许多人平时是用语言来思考问题的。中国人用中文思考，美国人用英文思考……如果没有注意，大家现在可以去体会一下。在我们还是个小孩子的时候，我们是没有逻辑思维能力的，我们不识字，没有系统地学习知识，没有被现代文明所教育，因此我们小时候想事情并不是以语言的形式去思考、认知以及呈现的。在孩子的小脑袋瓜里，想事情都是视觉画面性的，而不是语言文字性的。心理学经常提到的潜意识的一大特点就是它的表达方式也是这样画面性的，另外它还有一个很重要的特点，即它不是按照时间顺序来表达的，不是像影视剧那样的时间线性叙述方式。比如，一个人做了一个非常清晰、记忆深刻的梦，他醒来后给人讲述，听上去这个梦似乎是讲述了一个历经很长时间的完整的故事，但事实上这个梦只有几秒的时间，是这个人当天晚上做过的许多梦中的一个。那么，它是怎么实现在这么短的时间里，呈现了这么长又这么完整的梦呢，有的甚至还非常复杂。这是因为，梦是以画面的形式展现的，并且这些画面像天女散花一样，可能有几千幅梦境的图画同时展开。

当人们通过学习锻炼出太多逻辑思维、理性思考的时候，就离我们的本能越来越远了，看不到我们潜意识里的那些画面，听不到自己的心声。如果说我希望大家能从本书中得到点儿什么的话，我最希望的就是大家能改变对情绪情感、本能和潜意识的态度，不要觉得它们是低能的、低级的，不要一味地追逐理性，而离自己的本心越来越远。这样也许你有一天可以开发自己的本能和潜意识，它打开的不仅仅是通往天才之路，还是一个妙趣横生、无比宽广的全新的领域。你会领略到探索自己内心世界的那种乐趣和美好，它不仅仅是跋山涉水的苦修，也是振翅高飞的自由。

## 72 人类的良心

荣格最后又提到宗教，同理心、同情心这些情绪情感也是人的一种本能。一个人可能没有受过什么教育，但看到虐童或者看到小动物被虐待的时候会觉得好惨，这种感觉是人的本能反应，可能没有经过逻辑思考。荣格认为，这其实就是人类的良心，这个良心不需要有宗教信仰，许多没有宗教信仰的人一样是有良心的。但是良心只是一种感觉，它本身不能够产生伦理道德，没有办法以文字的方式记录，使它成为典籍。宗教界人士会把这些用书面的语言写下来，长此以往，最后发展成了条条框框，反过来去制约人们必须要按照这个条条框框行事，最后变成了一种群众观念，要求每个人以这种群众观念去衡量自己的良心。这时候，人的善良变成了一种对群众观念的顺从，而非人最初的那种天性使然。荣格认为，这样反倒阻碍了一个人倾听自己的心声，阻碍了一个人探索自己的本能，也就阻碍了他探索自己本能中蕴含的那种神性的光辉的一面。

其实并不需要用这些教条去要求人善良，善良在人的心中。只要他们感受得到自己的这一面就可以了。有就是有，没有就是没有，顺其自然，内心冲突少一些，个体可以活得舒展，对自己、对社会都有好处。

我觉得荣格在这个地方说的并不是“人之初，性本善”，他只是说人的本能里有善的一面，也有恶的一面，人的本能是复杂的，但是善这一面是存在的，都在你的心里，就看你最后要做出怎样的选择。

## 73 一个人是一个宇宙

荣格从我们自身讲到社会，讲到宗教信仰，讲到宗教信仰和社会的比对，讲到自我认知，讲到本能。本能是决定你个性的东西，因为理性和逻辑是规范性的、统一性的，理性和逻辑、大数据是把你描述成145克的石头的东西，本能是让你认识到自己真正个性的东西。荣格强调，个人是无比重要的，我们要重视自己的本能。本能绝不是很低级的东西，至少它并不比理性低，情绪情感也绝对不是低级的东西，感性和理性同样重要，需要我们重视。如果大家能够重新认识你自己有多么重要，认识你的情绪情感有多么重要，也许就可以换个角度认知自我了。

荣格说，一个人就是一个微型的宇宙，所以我们任何人都不应该轻视自己，也不要认为自己是微小的。你就是宇宙的一部分，你就是宇宙本身，你就是神本尊。如果世界上真的有神明，那神就在你的心里，只不过你需要去发现它，而不是把它投射在一些世俗的权威身上，或者世俗的一些自封的“神”身上，你首先要相信你自己。

尊重自己的本能就是尊重自己，既不是盲目地顺从它、被它控制，也不要惧怕它，因此贬低它、压抑它。我们每个个体都会有自己的本能，简单的动物性的本能大家都一样，但是更高级的本能，加之各种社会、文化等因素，就会千人千面，使每个人成为独特的个体。认识自我的很大一个内容就是真正地去认识自己的本能，盲目顺从它，或者贬低它、压抑它，都不是好的解决方式，那是让你的心灵得病的方式。去认识它、允许它、接纳它，进而懂得善待它、善用它，那它的能量就有可能会让你成为很了不起的人。

恐惧的本能可能是告诉你这个地方有危险，某个人需要加强警惕，也许你应该学会保护自己了。焦虑的本能可能是告诉你，你需要生命的能量去流动，需要出去做事情，你需要社交，出去走走。你有攻击性的本能，可以去当警察，可以去学武术，或者当军人，甚至是当律师，等等。这些被称为负能量的本能本身并没有善恶之分，全看你用什么样的方式去对待它。

我们内心那个真实的自我，有时看上去不是完全符合社会道德要求的，不是百分之百正面阳光的，也有阴影的一面。一个人如果能真正拥有完整、强大和充分成熟的自我，首先会想办法接纳自己，允许这些本能存在，慢慢地去适当控制、转化这些力量，适当地释放出来。你内在的某种本能如果特别强大的话，那真的有可能成为你最大的天赋，你可能就是一个被埋没和压抑了的天才。如果是这样的话，认识自己的本能，释放内在自我，就会给你带来巨大的帮助。

当然，荣格的这篇文章旨在帮助大家重新认识自己的本能，接受自己的本能，至于如何运用最大的本能则是后话。能接纳自己的本能只是改变的一个前提，能做到这一点的人已经是凤毛麟角，我们不要急，慢慢来，能看到自己、接受自己再说。

第七部分

# 关于自我的知识

## 74 在现实中分辨什么是感觉

“双十一”那天，我发了两条微博。第一条微博，我问：“双十一全民都在买，如果我不买，我感觉____”，我留了一个空让大家填写。第二条微博，我还是给了一个填空题：“今天双十一，大家都在买，我也买了很多东西，我感觉____”。

我向大家提这两个问题，主要目的是看你能不能分辨出什么叫作感觉，什么叫作情绪情感。解释起来非常简单，但也是大多数人根本搞不清楚的两个概念。这里我再说一次，情绪情感就是喜、怒、哀、惧这四种感受，它们就像色彩中的三原色，世间的一切复杂感受都是这四种情绪情感变化而来的。情绪情感是走心的，不是走脑的，不是走理论逻辑思维体系的。我们费了这么大力气讲，最后，我们至少应该知道走脑和走心不是一回事，情绪情感和理性逻辑不是一个系统，你不仅要能够在理论上明白这个区别，在日常生活中，也要能够区分自己是在走脑还是在走心。能够辨别自己的情绪情感是认知自我的非常重要的一个基础。我问了大家这两个问题，你也可以在我的微博上把这两条翻出来看看大家的回复，特别有意思。

有的朋友回复说："这么多年没参加买过，因为我穷。"这个"因为我穷"是在脑子里对自己做了一个因果的陈述，以及对自己的一个评判和描述，这是在用逻辑思维回答问题，而不是用情绪情感。

还有朋友说："感觉都是人为的节日设置，有点儿被绑架的感觉，加之双十一期间物流慢，想错过这段时间购物。"这个人其实也是在用逻辑思维对双十一、对参加双十一的人、对双十一的物流进行评价，但我问的那句话是"你的感觉"。有人还为自己解释了一番，然后说我感觉很好玩儿，这至少是在解释自己的感觉了。有的人说"有点儿舒服，有点儿得意"，这个才是货真价实的纯粹的感觉。

回复的朋友好多，大多数都不知道什么叫作感觉。令我高兴的是，有几个朋友真正回答了什么叫作感觉，知道了当自己被问"你的感觉"的时候，能讲清楚自己的感觉。你的感觉不是"这个节日是什么性质""你们这些买的人是怎么回事""双十一的物流太拥挤"。这些统统叫作逻辑思维，都不是感觉。你说我很高兴，我买得很爽，或者我看大家买买买，我着急或者焦虑，这些叫作感觉。第一个说自己穷的那位朋友，他在说自己穷的后面，其实还有情绪情感，可能是有点儿焦虑或者有点儿伤心，也可能是别的什么，但是他看到自己“穷”之后，没有再往下看自己的感觉。我们大多数人都是这样，分析到“穷”这个原因后就停止在这里了，对这后面的情绪情感不会真的去看、去碰触。

我特地发了这两条微博，是想用接地气的例子给大家看看，我们常说要认识自己，要爱自己，要关注自己，可是关注的是什么呢？当我问你，你的感觉是什么？这个时候我是在关注你，我想知道你的感觉，你是不是也应该关注自己，认真去体会自己的感觉？但是大多数人根本无法做到这一点。这就是荣格说的，我们很多人都忙着向外看，忙着判断因果，判定是非对错，但是很少有人会静下来，去体会自己内心的情绪情感，我现在是感觉好开心，还是感觉很伤心或者很愤怒。许多朋友因为理论知识很强，特别爱辩论道理，大脑发达，特别爱走脑，觉得自己是聪明的人，什么道理我不懂？其实我自己从前也有这个问题，意识不到心里有情绪，总是直接开始评价、分析、判断。我希望今后大家能够开始重视自己的感觉。哪怕你对别的内容暂时还不能理解，只领悟了这一条也没关系，开始懂得真真正正地去体会自己的感受的时候，才是你真真正正地关心自己、爱自己的开始。

## 75 主动了解自己

讲到自我认知，我们平时听“认识自我”这四个字，简直听得耳朵都磨出茧子了。但是，大多数人首先是不会分辨自己的感受，根本不知道理性思维和情绪情感的区别。其次还有一点，很多人缺少关注自己感受的能力，这一点确实是有天赋的差异在，有的人感觉迟钝一点儿，有的人敏锐一点儿。这个我们暂且不提，因为天赋这种东西是道法自然，谁也无能为力。但是，如果你本来很有这方面的天赋，却因为学习了太多，积累了太多关于自我的知识，而忽略了你心里的情绪情感，不知道怎么关照自己的心灵、善加利用自己的天赋，那就太可惜了。乔布斯说“follow your heart”，人家那是真的对自己的心意清晰明了。很多人的“follow your heart”，其实是跟着脑子走，而不是心。探索自我有很多壁垒，也有很多阻碍和痛苦，甚至令人恐惧。认知自我和学习自我的知识不是一回事。

一般来讲，只有愿意去了解自己，愿意放下对自我的成见、偏见的人，有动力和意愿用开放的心态看待自己的人，才能够真正发现那些关于自己的重要真理，这个主动性是非常重要的。大家不要小看这个主动性，它是决定后面一切的前提。我以前经常碰到这样的情况，有些读者会来问我，说我的闺密在生活中遇到了某个问题，我家里某个亲戚出了什么状况，请问她应该怎么做，我该怎么帮她？大家对这样的问题很熟吧。这时候我通常什么建议也无法给。

假设你身边真的有一个朋友，或者是爱人、父母，他在某个问题上卡了很多年，那么就算你跑去问任何一个心理咨询师，咨询师也会跟你讲，你要把他本人带过来，只有他自己主动，才有希望去解决一些问题。希望大家今后都能有一些改变，一是不要再替你们的朋友去求助，你可以介绍朋友去某个你觉得可靠的咨询师那里。二是如果有一天你想寻求专业人士的帮助，不要以“我有一个朋友”这种方式来咨询，如果你真的想解决问题，就必须对自己坦然和诚实，让帮助你的人看得更清楚，才好帮助你。如果你还做不到，必须得以“我有一个朋友”的口吻来陈述，也没有错。这个时候可以看看自己是还没有准备好，还是不能完全信任这位咨询师。如果是这样，先不要着急。你内心的那个小孩，他可能还很忐忑，你要对他有耐心，这才是真正地对自己好。第三点，如果你以“我有一个朋友”这种叙述方式讲述问题，对方不需要任何进一步的询问，立刻就给你分析一大堆道理、给出结论，那么无论这个人是咨询师，还是你的朋友、亲人，他都不能算是一个好的求助对象。

我自己也有这样的朋友，我们两个认识有十五六年了，他现在的痛苦还是十五六年前的痛苦，每隔一段时间，这个痛苦会发作，一发作就很厉害。但是他不愿意去碰，只是在外围借助其他的事分散注意力。有的时候我看到他，觉得他是被卡在无间道里面，回不去，也出不来，但我也没办法帮他。他只能留在那个地方，时不时地崩溃一下。况且，我们也不是咨询师和来访者的关系，我也只能给他作为朋友的陪伴。这不是他不想解决，他是真的没有准备好，那只能耐心等待，我们不是他本人，不能以自己理性的角度去评判别人。作为朋友，我们也许不能感同身受，但是至少可以不评判对方，这就是最大的安慰。

我觉得现实生活中有很多人是这样，想要逃避那个真正的核心情结，但那个东西会一直在那个地方，反复出现，一直伤害他，可能有的人的心结一直到死都解不开。说句残忍的话，那也没办法，只能这样了，这就是他的命运。如果你有这样的朋友、爱人、家人，虽然想尽一切办法，依然很难帮助他们，那么能做的也只是陪伴、耐心等待。虽然你需要每天跟着一起烦恼，但也要放松心态，这种改变也确实不能强求。

## 76 认识自我带给人心理优势

虽然这个过程非常困难，而且经常出错，揭开旧伤疤去重新处理更是令人望而生畏，然而这一切的痛苦依然是值得的。荣格认为，那些真正愿意自省的人，终究可以发现关于自己的重要真理。他鼓励每个人都进行自我探索。当一个人发现关于自己的真相，以及关于自己的重要真理的时候，这样的人一定会获得一种心理优势。关于荣格所说的心理优势这一点，我觉得他说得特别对。以我自己的亲身体验来说，在探索自我这条路上，当我更了解自己以后，我确实越来越自信了，虽然还难免有缩手缩脚的时候，但比起从前，可以说现在是一个相当有心理优势的人，而且这种心理优势不是任何外在的、容易失去的，这种心理优势会伴随我后面的人生。

为什么探索自我可以让人获得心理优势呢？荣格认为，当一个人在不断自我探索的过程中越来越多地去关注自己的情绪情感，他就会越来越相信自己是一个值得被人关注、被同情和关心的人。这个“值得”不是来自别人的评价。当然，这里我们讲的关注、同情、关心和自怨自艾不是一回事。自怨自艾的心态是经常在外界找原因，抱怨自己得不到他人的关注和关心，或者觉得自己运气不好，得不到命运的眷顾。外界当然也是有原因的，但那肯定不是唯一的原因，甚至有时候不是主要的原因。很多时候，一件事情的结果是自己的内在原因和外界的综合因素导致的。当我们对自己的认知慢慢地清晰起来以后，你就能够学会区分哪个是客观的外因，哪个是属于自己的内因，哪一部分是依靠自我的主观努力可以改变的，哪一部分可能需要别人帮助，还有哪些部分是我们除了接受别无选择的。探索自我、确定了自我责任的边界之后，对那些客观的外因也会看得很清楚，也会改变你对外因的一些看法。

这个跟心理咨询师首先要自身充分成长是一个道理。比如说，好多人一直到处去上心理课，花费很多钱去学习各种咨询技术，但非常抗拒碰触自己的内在世界，觉得没有必要强迫自己经历成长的痛苦就可以帮助别人。可是一进了咨询室，和来访者一对一的时候，就容易在不知不觉中移情。比如，来访者为自己和母亲的关系感到苦恼，咨询师自己也是一位母亲；再比如，来访者是第三者，咨询师自己也是因为被第三者插足而离婚。这些都只是相对直接的很好辨识的移情例子，还有很多更深层次的移情，比方说我前面举的我自己对于生命无常、对死亡恐惧的核心问题，如果咨询师没有很好地成长，自己都搞不清自己的核心问题的话，就可能会在咨询的过程中产生移情而毫无知觉。以我的核心问题做一个假设的举例，我可能会因为担心来访者出现突发性的意外，不敢采取干预性的介入，错失能够帮助来访者的最好时机。

一个人肯花多少工夫在自我成长上，为了面对自己，经过多少周折去磨炼自己的勇气，这些你曾经经历过的无比艰辛的过程恰恰会让你明白，你是一个多么值得被自己尊重的人。正因为这份不容易，如果有一天，你终于可以真正认识自己，你就会获得荣格所说的那种心理优势，这个过程本身会让你觉得所有的辛苦都有所回报。

真正地爱自己不是给自己买奢侈品，也不是自怨自艾、自己给自己灌心灵鸡汤，等等，而是当你内心世界的那个孩子、那个原始人焦虑、害怕、喧闹时，你不会对他不耐烦，不会厌恶他、害怕他，你愿意为自己付出耐心，能够真正看得到自己，听得到自己的心声，而不是敷衍他、漠视他。有的人天天花很多时间去追社会热点和明星八卦，每天关注和自己无关的事，认为自己是一个不值得关注的人。有的人自怨自艾，总是抱怨别人对我不好，别人不肯为我花钱、花时间、花精力。可如果连你自己都不肯为自己花时间、不把自己当成一个值得关注的人的话，怎么能够要求别人把你当成一个值得关注的人呢？你的价值感只能永远在别人的身上实现，这种价值感注定是脆弱的。

正如荣格所说，当一个人真正做到重视自己，开始宣布自己做人的尊严时，这个尊严感是来自内心的。这话说得太好了。你们现在每个人都在做一件真正尊重自己的事情，未来一定会越来越有尊严，越来越自信。

## 77 自我探索让你得到社会支持

自我探索除了可以让我们更自信、有更多超越自己的能力以外，也可以修正我们对外界的态度。你对自己的认识越清晰，就越会勇于承担自己应当担负的责任，不会把遇到的一切问题都进行外归因，由此肯定也会改变你对外界的态度。当一个人真正开始倾听自己的声音，认识自己、把自己当成一个值得付出的人、一个有做人的尊严的人时，就会像荣格所说，他看待外部的世界会相对平和很多，不会再因为一些小事觉得自己不受尊重而情绪泛滥。因此，自我探索一定会改善你和周遭世界的关系，改善你的人际关系，从而改变你。

不过请注意一点，当我们讲自我探索不是自我知识的时候，并不是说自我的知识是没有用的，这两者之间需要区分，但并不矛盾。荣格所谓的自我探索，是指人们在潜意识的领域里，对自己内心世界的情绪情感的探索，这是心理学层面的。关于自我的知识当然也是非常有必要了解的，想要充分认识自己，需要意识层面的知识，和潜意识层面的心灵觉知双向发展，既能了解自己理性的一面，也能感知自己感性的一面。我们至少不应贬低自我的本能，这样我们才可以建立坐标系和参照物。有了参照物，你从社会学、哲学等领域学来的那些关于自我的知识，包括心理学书籍上的那些知识，才不会成为关于你本人的唯一真理，你才不会是一个被别人所定义的 145 克的鹅卵石。你只有真切地接纳自己的所感所想，才能接纳自己是这世界上独一无二的个体。

学习了荣格的这篇文章，如果能够纠正大家长期以来对本能和潜意识的认知偏见，那我们就很有收获了。这不是要把潜意识无限拔高和过度神话，或者走极端的彻底不相信科学、逻辑思维和理性的道路，而只是纠正许多人长久以来把它贬低得一无是处、将它等同于迷信的认知。

有人问我，荣格是不是觉得人的本能比理性逻辑更高？绝没有这个意思。我们讨论这些问题不是为了做学术研究、写论文，而是为了实实在在地把自己的日子过好，生活快乐健康，有问题解决问题。本能与理性二者一样重要，什么对你有实实在在的帮助，你就用什么，管用就行。

## 78 有信仰的人，内心更有力量

荣格在这篇文章中反复强调，我们不能过于简单粗暴地去评判和否认人的宗教本能。这个宗教本能，我认为是我所理解的 D 层面的对信仰的追求，也就是我们常听说的道法自然，是人们希望了解万事万物规律的那个本能。

荣格认为，并不是虚弱迷茫的人才有这个本能，全人类都有这样的本能，只不过它的内涵及其形式变化万千，有我这种有信仰无宗教的人，有信教的人，也有的人可能在世俗生活中找到了很多其他形式的代替，比如有崇拜偶像明星的，有崇拜国家的人格化象征的，还有崇拜领袖的，或者崇拜某个集体的。这其实都是出于同一种本能，即我们大家都想超越 B、C 这个范围，去知道 D 的秘密，知道我从何处来，应该往何处去，心理上能抓住点儿什么，要不然总有点儿空落落的感觉。

有些人对于科学的态度，其实是为科学赋予了宗教的性质，把科学理性主义无限提高和升级，成了一种教条主义。科学本身是客观理性的，但相信科学的人本身不一定是客观理性的。有些人并不能以科学的态度相信科学和谈论科学，而是狂热地追求理性客观的思考，完全丧失了对自我情绪情感的观察能力，或者说，因为某种心理层面的因素，否认和拒绝更深层次的自我认知，这样的人对科学理性主义的依赖很容易变成一种狂热。我们看到的影视文学作品中的科学狂人就是这种狂热极端化的产物。

如果一个人能够真正找到自己的信仰，那么不管这种信仰是什么，以何种路径找到，以何种形式存在，它都将对这个人的心理层面帮助很大。真正的信仰有着超越世俗社会的力量，可以帮助我们超越自身和现实的困境，让我们的心灵得到庇护和依托。当你觉得周遭的社会不接纳你的时候，哪怕你此时还非常迷茫，不知道是自己错了还是社会错了，信仰的力量至少可以允许你合理地质疑、反对庞大的群众观念，甚至是暂时搁置。这个“允许”很重要，当你感觉事情不一定是大多数人所认为的那样的时候，信仰的力量至少可以让你保持观望，不急于绞杀自己的个性和自我。这样，我们可以稍微等一下，也许最后证明你是对的。即使不对，你也会因此对道法自然有一些更深入的了解。

作为一个写作者，我也常常会产生自我怀疑，有时候觉得自己的写作会有些不合时宜，会经常问自己，写作有什么意义，我想写的这些又有什么意义，我真的适合写作吗？这时候，如果一个写作者内心没有信仰的话，以我们目前这样的社会状态，他是很容易放弃的，或者说他虽然不放弃写作，但会放弃自己真正想要去写东西的那个初心，只会一直跟着社会潮流摇摆，今天写写这个，明天写写那个。这当然也是一种选择，但如果一个写作者的内心深处笃定地相信，冥冥之中一定有什么是更高层的东西、一个道法自然的发展规律的话，他也许会觉得自己的选择并没那么糟糕，天无绝人之路，可以试试看。

我接受采访时会被问到这些年是怎么坚持写作的，其实根本谈不上坚持，就是顺势而为，顺其自然地写到现在，而且现在也真的不是很差。在我的个人生活中，至少是职业发展这方面，我既做了我自己，保持了我的初心，也收获了我想收获的东西，这是我的信仰对我的帮助。这个信仰不是大家理解的那种写作是多么高尚的事、我要为文学艺术奉献终身，不是这种，我们前面讲过，这个叫信念。信仰是相信宇宙万物的规律，我只是一个比较会写的普通人，是千万普通人中的一员，我写我内心深处的东西，只要它们是真诚的，就一定能在这个世界上找到读者，我一定能够在这个世界上找到和我一样的人，这其实是个很简单的道理。人也许不认识人，但灵魂认识灵魂。现在我有了自己的读者，而且我把书出了，收入也还可以养活自己，我不仅是顺应本心，也是听从命运的安排，顺应天意，至少在职业选择这条路上，我活得不拧巴。我写了这么多年，到现在写作还能带给我幸福感，让我内心得到舒展，这是我自己的现身说法。

当一个人能够感觉到自己与宇宙万物和道法自然的联结的

时候，能够渐渐明白自己作为A点在宇宙中应该站在什么位置的时候，人就是不孤独的。他与这个世界有所联结，这种联结可能是一种亲密关系、专注投入做的一件事、养的小动物，等等。在我们经历过的人生的至暗时刻，当你觉得孤独无依的时候，如果你能挺过那一段时间，再往前走一走，打通A与D之间的联结，找到道法自然的这个联结，也许你会发现，你并不是孤苦无依的，你的内心会更有力量，不至于那么虚无和迷茫。要知道，生活不是一本摊开的书，不会确切地用白纸黑字指引你下面该怎么做，但是只要你相信你有能力感知一些规律，那么遇到困难的时候，往下走走看，没准儿在某个时刻就能找到迷宫的出口。

我在解决了自己的信仰问题以后，就决心要好好地活下去，相信只要活着就有好事发生。这个“好事”的概念对于我来讲，不仅仅是发财买房、嫁金龟婿这种群众观念认定的好事，而是我作为一个个体的人，生命中属于我自己的任何美好的事物，它都可能在一瞬间发生。比如在写作的过程中灵光乍现，写出一个好句子，那感觉就好像从天上射下来一道追光打在你的头顶，你的天线好像跟宇宙接通了。为什么说神来之笔呢？就是说那种美好的事情在一瞬间发生，仿佛一个奇迹。这个奇迹对别人来说可能毫无意义，但它发生在我的生命里，就是意义非凡的。它可以让一个人在心理层面感知D的存在，感知道法自然。它对我心理上的帮助是非常大的，这种帮助是一个客观的心理现实，它让一个作家获得了一种心理层面的力量，但对一个 IT 工作者来说，对卖早餐的小贩来说，这样一个句子毫无意义。在一个人的生活中，只要有一件事对他个人是有帮助的，它就是非常有用的美好的事。当我们的生活里有这样的好事发生时，你会觉得这个世界是有神明存在的。

我是一个泛神论者，我相信神明的存在。这个神明在哪里？它在你我的心里，就是这么简单。每当这个时候，你会觉得自己特别有力量。对于好多人来说，心理支撑的力量是来自外部的，领导、老师给的，男朋友给的，孩子给的，这些当然是非常重要的力量，但往往还不够有力。当你的力量来自你内心的神明，这个力量就是超越世俗的人类社会的，这种心理力量要有力得多。你会既有尊严感，又有心理优势，同时还会感觉自己值得被关注、被同情、被关心，这多好啊！

## 79 对自己内心的阴影面保持警惕

真正的自我认知还有另一个非常重要的作用，它让我们把自己当作一个具体的活生生的人，让我们能够看到自己的情绪，不仅更加清楚我们本性里的善良，也更了解自己潜意识里的恶意，从而明白我们身上同时存在的善与恶恰恰是造成我们内心冲突的痛苦的根源。

为什么我们要强调是潜意识里的恶意呢，因为我们的意识是经过社会驯化的，受到道德的监督，大多数普通人在面向外界的时候，不仅行为举止经过了筛选，使其符合社会道德的规范，甚至在没有表达出来的意识层面，许多道德观念也已经内化了。有句话说得好，所有的道德都是私人的。就一般情况而言，我们生长于人类文明社会，每个人从开始懂事起就在接受养育者的教育，不一样的抚养人会给孩子带来不同的道德教育，这里面有一部分是公序良俗，也就是社会公德，有一部分是扶养人私人的道德观，还有一些是在成长过程中慢慢自发形成的道德观。公序良俗好理解，后一部分私德教育应该怎么理解呢？比方说，你的父母是知识分子，一直以来言传身教的都是“万般皆下品，唯有读书高”“不能为五斗米折腰”。这就是一种道德教育，接受这种道德教育长大的孩子可能会觉得为赚钱去放下身段做一些事很困难。即使日后离开父母独立生活，这些道德观念也会内化在这个人的心灵深处，只要触碰到这个底线，内心中的父母就会站出来质疑他，使他不安。而出生在商人家庭里的孩子可能完全没有这样的观念。

人生活在社会中，大都有一套自己的道德规范，但是我们内心深处的那个原始人是没有什么道德规范的。我们有一些本能、一些暗戳戳的小念头，是我们意识清醒的时候不被允许的，可能是不被社会公德允许，也可能是不被我们内心的私德允许。这些本能被压抑了，隐藏起来，伪装起来，连我们自己的意识都不知道，但它们一直都在。

我前面举过一个常见的例子，有些玩微博的人，人前一套，背后一套，自己的主页上是云淡风轻、温柔乖巧的小女生，在别人的微博下面就变成了骂大街的泼妇。许多人有善良的一面、和社会亲和的一面，在自己的微博上表现得很淑女，这可能也是这位女士真实的一部分，但是在别人的微博后面恶语相向也是她真实的一面。问题是，这样的人常常认定了自己是一个百分之一百善良的人，对自己向别人释放的恶意选择性失明，对别人口出恶言，还认为完全是对方的错。

荣格说，这实在是罪恶之上又加了一层愚蠢。因为这样的人把自己想得非常好，常常会有一种感觉，认为坏事都是别人干的，和自己没什么关系。另一方面，他们还会觉得坏事都是在别人身上发生的，跟自己没有关系。谎言重复一千遍，就会令人信以为真。

每个人都会有干坏事的意向，只要时机和条件成熟，你可能也会干点儿坏事。因为我们身体里有个原始人，有死亡本能，有破坏欲，没有道德感，在他的世界里是没有所谓的好事和坏事之分的。你愤怒的时候简直想杀人，但是你的意识在管理和控制，想想要面对的法律后果，你最后不会真的那样做。一个男性对一个女性产生了性欲，但是他会想到这是他好朋友的妻子，虽然不犯法，但有违自己做人的准则，于是他选择严守自己的界线。

如果一个人能够真实地面对自己，对自己有一个客观的认知，他会承认自己内心世界有这些恶意存在，会对自己内心的恶意及时地觉察和警醒，他的意识没那么容易被自己的潜意识迷惑，没那么容易自我欺骗。

当一个普通人足够清醒，从心底里明白自己并不是完全没有恶意，也是有可能一不小心做坏事的时候，他就可以主动做出选择，因此我们才会说，善良是一种选择。与之相反，那些认为自己没有半点儿恶意的人其实才是更糟糕、更可怕的，因为他们完全没有自知之明，也不可能有自省的精神，更别提控制自己的恶意了。许多打着正义、善良、公平的幌子，却干出伤害他人之事的，就是这种人。他们永远不会觉察自己正在作恶。他们会合理化自己给别人带来的伤害，坚信自己所做的一切都是为了伸张正义和真理。这种打着捍卫正义之名而作的恶，有时候会逐渐从小恶演化成大恶。而那些知道自身有邪念、恶念，时刻警惕自己心魔的人，反倒会经常自省，当他辨认出自己内心的恶意伪装成正义的样子时，他可以及时纠正。人要认识自己阳光的一面，也要认识自己潜意识里的阴影面。

## 80 认识自己的人才会不卑不亢

有的朋友可能会问了，我为什么非要知道我内心的恶意呢？不知道的话，我会觉得自己是个善良的人，认为自己道德特别圆满，我过得不是挺开心的吗，我干吗非要自找不痛快，每天都批判自己，和自己过不去呢？

荣格认为，个人的觉醒是可以拯救世界的。这句话格局比较宏大，也比较理想主义。我们先不说拯救世界，只说这种觉醒至少可以拯救我们自己吧。

当一个成熟的人真正能够认识自己的时候，他可以承认自己内心深处有一些阴影存在，那么他的这些选择就是在对选择项有了充分了解的基础上做出的。我们且不对这些选择项进行道德评判，就说对它们权衡利弊的判断吧。一个真正认识自己的人至少可以选择是去做某些和社会融合、真正有利于维护关系的事，还是选择做特立独行、在关系中寸土不让的事。

是坚持，还是妥协？关键是了解自己，搞清楚什么才是自己最想要的"选择"。认识上不清楚、脑子混乱、完全被情绪左右的人，是谈不上任何选择的。请注意，我们这里所说的情绪并不仅仅是表面上的歇斯底里，还有你自以为自己是很冷静、理性时，那些被压抑在潜意识里的愤怒、忧伤、嫉妒等情绪。

我们在无意识中可能会伤害到一些人，但是如果我们真的明白自己并非那么人畜无害，承认自己内心深处有阴影的存在，我们就可以更了解周遭的环境以及他人。当我们尽力做出有利于自己的选择时，那些非常了解自己内心的恶意、毁灭倾向等情绪的人，必然会有一个谦虚的态度。这个谦虚的态度不是自卑，而是接纳自己的实事求是的态度。只有这样的人才能真的做到不卑不亢。

认识自我可以让自己宣布做人的尊严，这就是不卑；认识自己可以让自己有一个谦虚的态度，这就是不亢。一个真正认识自己的人，一定是不卑不亢的，他一定是既自尊又谦虚，而不是既傲慢又自卑。

许多不卑不亢的人在现实生活中过得都还不错，自己活得很松弛，别人和他们相处也非常舒服。他们能够跟身边的世界相处得不错，全都是因为他们跟自己相处得不错。他们能够接纳自己的缺陷和不足，是因为首先能够觉察到自己的缺陷和不足，认识到这是一种基本的人性，不会因为这一点缺陷和不足而否定自己的优点。在这样的情况下，他们势必对别人会更宽容一些，这种宽容不是出于自诩道德完美者对道德有缺陷的人的那种高高在上的忍耐，而是真正从心底里的了解和接纳。

## 81 人类的死亡本能

所有的这些跟潜意识有什么关系？认知里的那个潜意识的自我，本能的那一部分真正的自我，你把它藏得再好，压制得再服帖，它也还是会在你不知不觉中表现出来。虽然我们日常是在意识清醒的情况下处理事务，但别忘记了，你毕竟不是机器人，而是个有血有肉的活生生的人，有情绪情感，有原始的欲望，因此潜意识一定在不断地参与你的行为。当一个人想当然地认为自己是完全善意的、完全没有恶意的时候，他会认为所有坏事都是别人干的，却不知道他内心的恶意会出来搞破坏，导致他做出一些行为，破坏掉他跟身边人的关系。比如我前面讲的三胞胎的故事，那位母亲觉得她在婆媳关系中完全是一个受害者，所有的错误都是婆婆单方面造成的，因此非常厌恶她的婆婆，却没有察觉到自己是非常具有攻击性的。当她看到自己孩子的举止行为、动作表情都很像婆婆的时候，就忍不住把对婆婆的攻击投射到孩子身上。如果她能够承认自己非常具有攻击性以及对婆婆不满的话，可能就会重新去审视自己对孩子的态度是否公平。如果她始终认为自己在婆媳关系中是单方面的受害者，在亲子关系中是付出者，那么她很难清楚地看到自己正以牺牲掉孩子为代价，在不知不觉中用伤害自己的孩子来对婆婆进行着报复。

只有当人能够真正地认知自我，才有可能知道自己到底干了什么，自己的行为意味着什么，才会真正地为自己的行为负责。

弗洛伊德认为，人不仅有生存本能，还有死亡本能，死亡本能又被称为毁坏冲动、攻击本能和侵犯本能。死亡本能就是破坏、暴力、毁灭。对此荣格认为，人类内心深处是会有罪恶的倾向，犯罪的倾向。我觉得这其实跟弗洛伊德的死亡本能导致的破坏力是一个意思，就是人类阳光面背后的阴影。

荣格写这篇论文的时候二战刚刚结束，美国在日本投下了两颗原子弹。荣格认为，虽然人类世界随后在反对使用这种杀伤性的武器上达成了一致，但核武器的发明本身就是人类集体潜意识的选择的结果。因为在制造核武器的过程中，人类的集体潜意识是参与进去的，不仅仅是意识层面上的科学探索，人类的犯罪倾向，也就是人渴望破坏、暴力、毁灭的冲动，也参与到了发明这种足以毁灭人类的杀伤性武器的过程中。

在人类的集体潜意识中，尽管知道核武器足以让世界灭亡，知道核武器的杀伤力有多大，但就是想搞出一个核武器来搞破坏。现代人都知道核武器可以摧毁整个世界，但是每个大国都希望自己能够拥有核武器，因为大家都怕自己被干掉。这种恐惧的心理是科学理性吗？这是人类最原始的一种情绪情感，是几千年来人类内心深处的潜意识的一种本能，是怎么都克服不了的恐惧。害怕被灭族和灭群是人类从远古就遗传下来的本能。

捷克的动画大师杨·史云梅耶有一个动画短片，讲的是在两个虚拟国家的交界处，因为一个小事情，矛盾不断积累升级，双方的军队都开到前线，剑拔弩张，但其实谁也不想打仗。在进行谈判的时候，突然有一方的某个新兵，因为太紧张导致枪走火，随即战争全面爆发了。这就是悬念大师希区柯克所说的，世界上最令人恐惧的事是在恐惧中等待。人仅仅了解自己的理性是不够的，因为潜意识中的恐惧可以控制理性。就像在两军对峙的情况下，怕对方杀掉自己，就必须先干掉对方，这是因为恐惧支配着人类。

在维姆·文德斯的纪录片《地球之盐》中，摄影大师塞巴斯蒂昂·萨尔加多用镜头记录了人类的互相屠杀。这些大屠杀就仿佛杨·史云梅耶动画片的真实版。它们发生的年代其实并不久远，虽然是在某个地理位置遥远的非洲原始部落，但也昭示了人类原始的恐惧可以有多么大的力量。我们生活在一个文明的社会，相对于遥远的非洲动不动就屠族的部落原始人来说，要理性和自控得多，但这不等于我们没有潜意识，没有集体潜意识。正相反，我们的潜意识会被训练得更狡猾，更善于欺骗自己，而且我们懂科学，会造原子弹，我们的毁灭能量更大。这也是荣格要提醒大家的，制造原子弹这种行为本身是有恐惧的潜意识、想犯罪的潜意识参与的。善良固然是人类的一种本能，但罪恶也是人类的一种本能。那些最初研发核武器的科学家们肯定不是一帮罪犯，但他们的潜意识里面肯定有想干掉全人类的欲望和快感。

大到国家集体，小到我们个人，潜意识都参与到了我们的日常活动和决策里。认真地去思考人类的存在，认识人类的行为及其心理，更有助于我们跳脱出来，去观察同为人类一员的自己，认清自己的阳光与阴影面，看到自己的恐惧、恶意、攻击性、毁灭欲……我们不是为了批判它，压抑它，而是为了接纳它、允许它、安抚它，找到更好的途径去满足它、表达它、克服它，这就是一种选择。抛开那些极端的伦理困境不谈，我觉得对大多数普通人来说，这会给我们更多的自主选择的机会，让我们的生活得到很大的改善。

第八部分

# 自我认知的意义

## 82 个人的觉醒拯救世界

关注人类的命运有助于我们个体的觉醒，反过来也一样，个人的觉醒也可以拯救全世界。荣格认为，拯救世界绝对不是靠某一个强权者，而是每个人都把自己当成独一无二的个体去认知，当人们能够清醒地认识自己的时候，就不会被集体潜意识左右，不会像 20 世纪 30 年代的德国人那样，感染上那种集体性的精神病。只有大多数人成为他们自己的时候，这种集体传染性的精神病才不会再次大规模地爆发。

烦乱的个人一定会凝结成烦乱的群众运动，会引起集体无意识的骚乱。正如我们前面讲到的，那些自认为完全无辜的人总是想把罪恶推卸在别人身上。其实政治团体的本质也是在别人身上看到罪恶，政治团体也会告诉你另一个团体是我们的敌人。它的心理机制是，一定要把所有人的注意力转移到对方身上，对方是罪恶的，我们才是人畜无害的、完全正确的、道德完美的，这样我们去攻击别人的时候才是绝对正义的。

那些道德上自认为完美的人，一旦进入到一个同样自认为道德特别完美的集体里，个人的责任心、自省的精神就更容易彻底丧失。他们在集体里随大流，受到自认为正义的群众观念的鼓励，个体不再需要承担任何后果，这会让个体找到一种安全感和幸福感，但却并不会使集体中的成员真正团结，而只能使成员之间产生分裂和疏远。历史上爆发的人类社会的战争和各种政治运动导致的互相仇恨的程度令人匪夷所思，好像每个人都认为“我”是完美的，“你”是有罪的。那些自认为完美的人完全不承认自己有阴影的一面，那么他一定会把这个阴影的一面满世界到处找人去投射，一旦他开始投射了，这个世界上被他判定的有罪之人可就多了，而且他会比恨别人更恨他投射的这个人，杀了那个人的心都有。

我们生活的网络世界给我们提供了一个人类观察范本，这是前人所没有的机会和角度。大家在网络上经常能看到自认为道德完美、人畜无害的人，他们觉得自己是没有一点儿罪恶和恶意的，总是跑到别人微博下面去占领道德制高点，去揪斗另一些人。由于法不责众，最后往往会形成巨大的网络暴力，然后因为不同的观点形成不同的阵营，人和人之间的分裂又演变成党同伐异。人，不再是个体的人，每一群人都会被贴标签，这一群人有个称呼，那一群人是那样的称呼，不同阵营之间互相谩骂攻击。

只有当一个人能够怀疑自己的观念是否绝对正确时，他才能意识到自己会被潜意识操控，他的偏见、倾向性才不至于走得太远，行为不至于太极端，随时可以根据事实进行调整。恰恰是那些认为自己能做到绝对理性、中立、客观的人，在被无意识左右的时候往往毫无警惕，因理智而产生的优越感常常蒙蔽他们的心灵，这就是为什么有时候我们会看到智商非常高、逻辑特别清晰的明白人犯那种低级错误，而且是巨大的错误。

观察自己的潜意识也会促使你的意识经验越来越丰富，只有我们的个体经验真正觉醒，才能够消除偏见，真正实现人和人之间的沟通。人和人之间交往的真理和正义，其实就是每个人都要有自省的精神。由这样的个体组成的集体才能够避免荣格所说的集体性精神病，集体和集体之间才不会只有分裂和对立。荣格认为，个体的觉醒对整个世界的和平非常重要。同时他也认为，个体的觉醒很容易受到集体化教育的反对和阻止，因为“集体化的国家根本不打算促进人与人之间的互相了解，也不打算密切人与人之间的社会关系。与此相反，它拼命地挑拨离间，拼命地隔离个人的精神联系，其原因十分明显，个人之间的联系越缺乏，国家就越牢固，反之亦然”。

## 83 人与人之间的关系建立在残缺的基础上

如前文所述，当一个人觉察到自己内心深处的阴影面的存在，也可以诚实地承认自己内心的缺陷和不足时，他的这些不完美之处恰恰不会像他以为的那样破坏他身边的关系，因为人与人之间的任何一种关系都是以残缺和脆弱无助为基础，而不是以完美为基础的。正因为我们自身的不完美，人类才成为群居动物，因为我们需要他人的帮助，工作学习也好，情感生活也罢，总之不能一个人独活。人类作为一种动物，从体能上来说，并非比自然界的其他动物更有生存优势。人类是因为能够紧紧地团结在一起，才有了文明的今天。如果你是一个超人，你很完美，什么都能自己解决，根本不需要他人，你也就把自己活成了一座孤岛，断掉了人和人之间的一切联系。所以，残缺，而不是完整，才是人类关系的真正奥义。

这就叫作社会支持。在心理健康的评定标准里，一个人有没有社会支持是心理健康考量中很重要的一个因素。那种完完全全没有社会支持的人是很孤独的，除非他的内心世界超级强大，否则对于普通人来讲，长时间地离群索居，心理上的确容易出现一些问题。我们认识自我是为了接纳自我，不必把自己想象成一个完美、完善的超人。我们不仅要认识到自己的缺陷，也要认识到自己内心的阴影，这些都没关系，大家都一样。你首先要做到不卑不亢地面对你自己，才能够不卑不亢地去看待和他人之间的关系。这时候你会意识到，向他人寻求帮助并不是一种耻辱，不能一个人独活不是耻辱，残缺也不是耻辱，如果这些是耻辱的话，那么它们应该是全人类的耻辱。

当我们认识到自己的残缺，承认自己的阴影面，不再用那些理想主义的假大空的形象去虚构自己的时候，我们就可以放过自己，同时也会放过他人。我们彼此都在一定范围内互相接纳，人和人之间会形成一种良性的关系，而不是对抗的关系。那些完全没有办法认识自我的人，用现在比较流行的话来讲，就是对自己人性的阴影面一无所知，沉迷于自己的人设，会觉得自己很完美，挑剔别人的不完美。还有一些人，总是强烈地谴责自己的不完美，同时也挑剔别人的不完美，在这种时候，人和人之间的关系只能是互相羞辱。

人类的关系真正达到统一与和谐是有可能的，但是这一定要建立在我们诚实地面对自己，真实地去生活的基础上。每个人首先要把自己当成一个活生生的人，而不是把自己当成一块145克的鹅卵石、一幢大厦的螺母，或者大数据里的一个分母，这样才有可能摘掉面具，活出自己本来的样子。你要拥有真实的生活，在这个真实的生活里，人和人之间的关系才是爱的关系，而不是理想主义的虚拟出来的关系，后者那种理想主义的关系其实就是两个或者几个假人之间的关系，大家假装成完全人畜无害的人互相交往，建立在这种虚假之上的关系也注定是不会长久的。

一旦人能与外界、与他人建立起真正统一与和谐的关系，就会产生爱。不管在什么地方，人与人之间若没有爱，权力就会自然滋生，暴力和恐怖也会接踵而来。当你能够洞察自己的内心世界、知道自己是谁的时候，你的力量就会来源于你的内心。你内心的这个世界并不是一座孤岛，它是宇宙万物、道法自然的一部分。只有这样，这些力量才会比社会给你灌输的完美的理想主义形象更持久，因为你真正地接纳了你自己，而不是按照别人的要求去做一块145克的完美鹅卵石，这就是自我认识的真正意义。那些关于自我的知识并不能代替对自我的认知，自我认知是探索你的潜意识和本能。那些知识当然是有用的，但是我们不能不加分辨地用这些书本上对自我的评价给自己贴标签，把它们当作是关于自我的唯一的真理。

认识自己的本能世界和潜意识的世界，还可以帮助我们解决人生中的历史遗留问题，会给你一些新的启示和力量。

## 84 怀抱着矛盾，不急不躁地走下去

我在前面以自己作为例子，给大家讲过小时候的情绪记忆如何影响着我们今天的生活。后来我曾回想过，我个人对生命无常的恐惧情绪是什么时候形成的。其实它是从我上中学时父亲生病开始的，随后不断加深。我后来读了很多书，都没有真正发现我的内心深处隐藏着这种恐惧情绪，因为它发生的时候

我年龄太小，大人也不懂心理学。那种突发状态其实是一种应激反应。我表面上完全没反应，但是内心深处是有的。它一直没有被处理，埋在了记忆深处，于是成为我心里的一个情结。这个情结不是一种语言的形式，而是画面的形式，一到关键时候就会泛起来影响我后面的生活。我这个情结的形成毕竟是在青少年时期，已经足够让我日后回想起来了，可能有些人的某种情结形成于他们更小的时候，要想挖出那个时候的情绪情感的记忆，把它重新处理好，就更难了。在我有限的认知里，我觉得能否发现自己的核心情结，能否处理好它，也是需要点儿运气的。怎么办呢？好像只有付出耐心好好活下去，去找找看，等等看，未来的某一天，在我们的灵魂深处是否会发生点儿什么有趣的事情。当然，不管它发生与否，这都是一种道法自然。正如日本心理学家、箱庭疗法大师河合隼雄先生曾经说的，他的职业其实是在等待偶然。但是河合先生同时也说，他的另一个态度是："怀抱着矛盾，不急不躁，寻找实际的解决办法，坚持走下去，决不放弃对矛盾的追究……在这个意义上来说，我的喉咙里一直鲠着好多好多鱼刺儿，生活就是一边想着'什么时候能消化呀'，一边过下去。"

认识自己是能够看到自己，听到自己的心声，对自己有足够的耐心，愿意等待自己。这说起来很简单，其实不是那么容易做到的。很多急于求成的人匆匆忙忙地吸收了一大堆关于自己的知识，却对真正的自我一无所知。

假如有一天，你能够解决自己的历史遗留问题了，你的人生就会像搬掉了一块大石头，或者打通了某个一直堵着的通道，这个时候，不管是三十岁，还是四十岁、五十岁，你在心灵层面的潜能和灵感都会被大大地激发。这种潜能可能是你本来就有的，只不过在你成长的过程中因为被教化、被灌输、被规训而丢失或者放弃了。我们还是小孩子的时候，总是有很多奇思妙想，有很多的创造力、灵气和感受力，但是很多人的这些宝贵的天赋被理性至上的观念伤害了，我们独一无二的个性被群众观念碾压了。在这样的情况下，很多孩子自然而然地放弃了自己的天赋。如果今后我们的朋友里有人因为看了本书重新唤起了自己沉睡的天赋的话，我就真的是太高兴了。这绝不是说我的书让他变得有天赋了，而是他本来就有天赋，只不过一直压抑着自己的天分。

## 85 重拾你原始的威望

自我认知非常重要，但是也很复杂困难。我们毕生上下求索，还有可能到死都求不到，但这个求索的过程却不尽是痛苦，它也是妙趣横生、让人生充满希望和欢乐的。

我们前面讲过，每个人在白天的日常生活里，大多数情况下都是由意识来决定我们的思想和言行的，潜意识，也就是我们的原始人，是被意识约束和管制的。但是也有大白天管不住的时候，有时候是意识懈怠了，稍微一个不留神，潜意识就浮出水面吐个泡，还有的时候，是你的直觉太强烈了，意识根本无法约束它，直接就冒出来了。当你遇到这样的情况，一定不要轻视它，如果你当时条件允许，宁可放下手里所有的事情，先去看它，它不只是你内心的一个念头、想法，它很有可能是一个灵感，仿佛命运派来帮助你的，这是给你的一个机会。如果你暂时手头忙不开，也可以先把它记录下来，回头再去想想它，看看它。即使它最后对你没有帮助，你也并没有什么损失。在我们的生活中，你可以每天找一小段时间，独自散步，不戴耳机，不刷手机，只和你自己在一起，你可能会得到很多意想不到的收获。

我们在生活中有时会说某个人非常有灵气，实际上许多人都有这样的潜能，人人都有灵光乍现的时刻。为什么有人总是很有想法，充满灵感呢？这是因为更多的人可能把注意力集中在了外部世界，或者是意识领域。当所有注意力都集中在外部意识领域，比如抱怨他人，拼命查资料。当你忙着在外部世界、在逻辑推理的世界找答案的时候，你肯定听不到，也看不到你的直觉观察到的结果、告诉你的妙招。大多数人不是没有潜能，而是完全不相信自己的潜能，浪费了自己的潜能。洞察自己内心深处的世界，等于为我们打开了一扇潜意识之门。当你能够看清楚自己的时候，常常也能把别人看得更清楚，看清楚自己和别人，也就容易看清楚人和人之间的关系。这些有灵气的人好像生活在水下的黄色小鳄鱼，没有任何人教，天生就知道该怎么做。“这样的人会有一种原始的威望。”

我们很多人可能穷其一生都达不到伟大人物的那种高度，但是当你开始探索自己的内心世界，不断地去验证自己的直觉是否真的准确的时候，这个过程是充满乐趣的。我自己也会有意无意地去锻炼自己的这项技能。有时候朋友跑来对我说，你当初预言的结果实现了。这听起来好像有点儿神乎其神，其实就是对方的某个微表情、说话的语气泄露了他内心深处真正的想法，恰巧被我观察到并且认真对待了，最后得到了判断结果。而当事人自己因为某种原因，丝毫没有察觉到自己心意已定。

## 86 谁痛苦，谁改变

我们每天一睁开眼睛，外部的信息已经接踵而来。如果你观察一下自己一天的生活，会发现大多数时间都是在应付这些信息，哪怕是一个沉默寡言内向的人，他可能也一直在看外面，听外面，来不及真正感觉自己的内心。当然，内向的人多少要比外向的人更多地关注自己内心，因为毕竟他向外输出这一项的消耗要比外向的人少。正因为这样，好多人缺少自我观察的能力，好多人也缺少改变自己生活的主观能动力。举个最常见的例子，一个女人觉得自己家庭不幸福，会跟人抱怨说我丈夫不好，我的儿子不好，她觉得只要她身边的人做出改变，她的生活自然会变得更好。这样长期下来，对她本人的一个非常不利之处在于，看上去她是那个无时无刻不在评判他人的人，她总是在主动发起攻击性行为，让人觉得她非常强势。但其实她又是完全被动的，因为她把人生的改变全部寄托于周围人的改变之上。大家还记得我们的靶子图吧，代表你自己的A点在最中心，然后才是你身边的人，再大到整个宇宙。

谁痛苦，谁改变，谁改变，谁受益。你觉得自己生活痛苦，觉得你丈夫有问题，孩子有问题，或者觉得父母有问题，朋友有问题，但是你的这些问题到了咨询师那个地方一说，咨询师通常还是会先在你身上找原因。大家去找咨询师，都要有这个心理准备，这可不是咨询师要故意为难你。荣格说，一个人就是一个宇宙。你就是这个微型宇宙的中心，除了原生家庭以外，你身边的同事、你婆婆、你儿子、你丈夫、你女朋友和男朋友，这些都是你选择出来构建你的世界的人。即使是原生家庭，从某种意义上来说，你成年后所处的关系也是你的一种选择，你才是这个微型宇宙的中心，你不改变谁都不会改变。只有你这个宇宙中心动了，才能带动这个微型宇宙跟着你一起动一动。

一个真正认识自己的人一定也是一个通达的人，当你真的觉得自己是重要的，真正是一个获得尊严感的人，那么你一定会积极地发挥主观能动性，主动地去寻求一些改变。这种改变并不是因为我是做错了的那个人，才由我去改变，而是因为我作为我自己的宇宙中心，我的能力最大，责任也最大。这两种动因是完全不一样的，基于后一种动因所做出的改变是一个具有自由意志的成年人主动做出的选择。两种改变在心理层面对人的影响也是不一样的。在后一种情况下，你不会因为做出改变而觉得委屈，也不会因此觉得受到羞辱，反而会获得一种尊严感，一种对自己的世界可控的感觉，因为你是为了让自己受益而做出的改变。当你改变一次以后，你会慢慢地特别容易变通，而且当你在变通的过程中不断得到好处的时候，你会发现你的选择余地变大了，你的能力、潜能被激发了。只有自己有能力主动地做出改变，才会让一切皆有可能。

## 87 通过观察自我，认识时代精神

如果在个人生活中，你非常善于捕捉自己的潜意识并加以善用，无疑会对未来有更多的预见性。格局小一点儿的就是对个人生活有所帮助，格局大的会在社会公共领域非常有远见。荣格认为，潜意识是有时代精神的，既然有集体潜意识这种东西存在，那么反过来，潜意识肯定也会在某一方面反映出时代的精神。所以，有些人甚至可以预知人类的未来。我们在今天重读前人的一些作品，会发现有的人在十几、二十年之前就预言了人类的今天。我们认识自己也就是认识世界，我们每个个体都是这个社会的一分子，就像大海中的一滴水，我们身上一定会有这个社会的烙印，这就像是虽然每个个体都有差异，但60后的人是有共性的，70后、80后、90后也是这样。只是这种共性落在每个个体身上会有不同的变化，而且变化万千，但万变不离其宗。

当你有了潜意识预言的潜能，再结合历史学、哲学等方面的知识、丰富的经验，自然能够概率性地准确预知一些事情。比如苹果公司1984年播出的那个著名的广告，一个女孩手持大锤砸烂旧世界，除用了《1984》这部小说的概念以外，还和当时美国经济大衰退的整体环境有关，人们内心有很多的不满和愤怒情绪，也想用大锤砸烂旧世界。这种准确的集体情绪的表达，使得苹果公司在这个广告播出后100天内卖出了7.2万台电脑。

苹果的产品当然是好的，但是这个世界上好产品无人问津的也很多。我们之前分析过乔布斯本人，他其实是位心理大师，他不仅了解产品，也了解人性，特别是能够感受到当时西方社会的集体潜意识，他可以直击人心。而且不管谁反对，他都会坚持自己的选择，这是一个伟大的预言家做出来的事情。

## 88 通过当代艺术探索自己的潜意识

荣格还以当代艺术为例，给我们讲了什么是集体情绪和集体潜意识。我们都知道，传统艺术是规规矩矩的，是对美与和谐的追求，当代艺术则打破了对美的传统观念和定义。当代艺术，尤其是20世纪30年代以后的当代艺术，更注重探索人类的潜意识。南斯拉夫的行为艺术家玛丽娜·阿布拉莫维奇跟她当年的男朋友乌雷一起做过一场行为艺术。在一个非常窄的门洞里，他们两个人都赤裸着，相对而立，两人之间的距离只容得下一个人侧着身子通过，观众从他们之间穿过的时候，要么面朝她，要么面朝乌雷。特别有意思的是，当时所有的女性参观者通过时都面朝乌雷，所有男性参观者全部面朝着阿布拉莫维奇。我们不需要对此进行是非对错的判断，没有人是经过一番思考衡量、逻辑推理之后行动的，每个人都是无意识的选择。艺术只是创造了一个机会，使人的潜意识直接呈现了出来。

阿布拉莫维奇还做了非常著名的作品《韵律0》，在六个小时内，她把自己的身体处置权完全交给观众，在被麻醉后，允许观众随意挑选桌子上的物品，和艺术家进行强迫性的身体接触。桌子上有鲜花、巧克力这些甜美的物品，还有水、笔，当然也有刀、十字弓、灌肠器，上了子弹的枪等物品。开始时场面还很和谐，有人走过去摸她的头、她的脸，帮她整理衣服，有的人给她花儿和巧克力，喂她水。渐渐地，当人们发现她真的毫无反抗的时候，行为开始变得具有攻击性了，她的衣服被剪碎，有人拿刀在她身上划下伤口，有人拿玫瑰猛刺她的腹部，甚至有一位观众拿着枪塞到她嘴里，差点儿扣动扳机，最后被一位惊恐不已、尚存一丝理性的观众阻止了。阿布拉莫维奇事后说，她当时非常惊恐，虽然身体无法反应，但意识却很清醒：人们真的可能对她做出任何事。

六小时的表演结束，阿布拉莫维奇从麻醉中缓过来，宣布收回自己的身体主权。当她遍体鳞伤、眼含泪水缓缓走向观众时，观众在她的目光注视下反倒害怕起来，四下作鸟兽散。我相信，对于当时的观众来说，这应该也是他们人生中非常震撼的一幕吧，不仅仅是作为旁观者观看了一场行为艺术表演，更是对自己的内在自我、对人性有了一些真正的认识。

通过这两个例子，我们可以更好地理解荣格所说的现代艺术追求呈现的集体潜意识。特别是《韵律 0》这个作品，正好从另一方面验证了我们前面所讲的某些内容。人的内心深处是有恶存在的，有攻击性、毁灭欲，只要有适当的土壤，加以激发，人心的恶意就会被召唤出来，人要对自己的这种潜意识有所觉知，才能够选择善的一面。

说到这里，插一句题外话，大家如果有时间，多去看看现代艺术作品，这会是一个帮助我们认识本能和潜意识的极好的方式。我喜欢现代艺术，有机会去看看其实也未必能看懂，但你只要站在它面前，感受它就可以了。它打破了很多的规矩，越来越个人化，很多艺术家是把个人的潜意识诚实地呈现了出来，你可能喜欢，可能觉得不舒服，但那就是人性。虽然一个作品是很个人的体验，但是正如我们前面所说。个人潜意识里是带着集体潜意识的，就看你有多大的本事捕捉并表现出来，并且能传递给受众，让他们感受到这种情绪。有些艺术家能力有限，捕捉和表达的是自己的情绪，这也很好，有的艺术家能通过自身观察并捕捉到整个时代、整个社会的情绪，那就是大家了。比如岳敏君的笑脸系列，他捕捉到的是中国人只能意会不能言传的一种表情，这个大笑的表情后面有中国人的集体潜意识。

除此之外，电影、戏剧、文学作品也可以展现人类的潜意识，这其中的文学作品由于需要阅读文字，可能逻辑性比较强，在传递潜意识时不如其他艺术形式那么直观。能表达潜意识的文学作品一言难尽，我们暂且按下不表。单说艺术作品，包括前面我们提到的现代艺术，还有电影、戏剧、舞蹈等这些艺术形式，大家有机会都可以涉猎一下。很多朋友在观赏这些作品时会追问，这个舞蹈要表达什么？这个艺术作品的价值观是什么？或者这个电影有没有讲一个完整的故事？

这些其实都是意识层面的评价，拿电影这种艺术载体来说，它当然可以讲故事，讲故事没错，但是它可以做的事情要比单纯讲故事了不起得多。它可以抓住时代的情绪，可以看到个体的情绪，也可以呈现我们整个社会的集体潜意识。如果你想了解自己的潜意识，除了平常多观察自己以外，看电影，尤其是一些艺术电影，也是非常好的、便捷的方式。

## 89 通过看电影探索自己的潜意识

电影为什么能够帮助你认识到你的潜意识呢？比如说，在观影的过程中，某个情节出乎意料地让你体会到某种强烈的情感，明明不是那么恐怖的场景，你却觉得非常害怕，某一句看似平常的对话，你却突然想哭。恐惧是一种感觉，伤心也是一种感觉，这些感觉其实都是你自己的投射，如果你有心，可以在观影之后，去认真体会和认识一下你内心的那个感觉，会非常有意思，有些感受绝对是你事先没有想到的，这个时候就是你认识自己的一个契机了。

这也是艺术电影有趣的地方。徐皓峰导演曾经说过一句话，大意是商业电影和艺术电影有什么区别呢？商业电影是表现主流价值观的，而艺术电影是挑战人们的价值观的。要我说，艺术电影不仅仅是挑战人的价值观，它还经常揭开我们隐藏的情绪情感，帮助我们看到自己的潜意识。不知道大家有没有过这样的一种观影体验，一部电影从各方面来说都是部好电影，你在理性上也承认它是一部好电影，但是却觉得不痛不痒。而另外一部电影，可能缺点很多，你甚至不喜欢它，强烈地批评它，但是很奇怪，你就是很难忘记它。

这是为什么呢？因为我们每个人都是带着自己的心理投射去看电影的。如果一个电影冒犯了你，那么它一定是触动了你的某个点，你才会对它有这么大的情绪反应。其实恰恰是这样的时候，才是一个人观察自己的最好时机，因为你的原始人突然现身了，你此刻的感觉是愤怒也好，厌恶、不舒服也好，这种情绪当然是由这个电影引起的，但是归根结底，它都是你自己的心理投射。而且这是别人的故事，你的原始人可能感觉非常安全，因此也没有那么多掩饰，会无比真实和诚实地表现出来，这个时候就是你认识自我的最好时机。

大家读书、看电影，不要忙着批判主角的道德，不要忙着去评价导演的价值观，不要忙着到网上吵架，如果一部电影能让你隐隐约约有什么复杂的情绪，而产生这种情绪的原因是你从前不了解的，那么不管你同意不同意导演的价值观，喜欢不喜欢这部电影，它都是一部值得你去琢磨一下的电影。不管用什么方法，能帮助我们突破心防的电影统统都是好电影。

同样，我们观赏现代艺术，看一个作品的时候，不要完全依赖那些解读，至少在第一时间要先把自己的感觉打开，全身心地感受它。看到这幅画的时候，你的内心是喜悦、恐惧、难受、不舒服、恶心，还是别的什么感觉？这都是属于你的感觉。在充分体会自己的这些感受之后，如果你有进一步的兴趣，可以再去找找画家的生平和别人的解读。你最直接的感受永远比任何其他人的解读更重要，因为你是独一无二的。你的感受没有对错之分，不需要任何评判，你先接收它，然后好好地记住它，看看它。一幅画，即使全世界都说它好，你也可以不喜欢。对于电影和书籍也一样。大多数人的误区还是我们前面的老问题，分不清楚逻辑思维和情绪情感是不同的两种东西。一个好作品也要允许人不喜欢，不喜欢是一种情绪，没有对错。反过来，你不喜欢的作品也不等于是差的作品，恰恰相反，当你觉得特别强烈地厌恶、不喜欢某个作品时，你更需要走心，好好地看到自己，因为它激发了你强烈的情绪，打开了你可以观察自己的窗户。不要把这样认识自己的机会错失了，这才是你爱自己的方式，而不要跑到网上去吵架，从逻辑思维的角度反复辩论，去为了这是不是一部好电影吵翻天。

归根结底，生活中处处有机会让你感受到自己的情绪情感，让你认知自我，哪怕是完全作为旁观者去看一场电影、看一幅画都可以，更不用说平常日子里处理各种事物。有逻辑思维能力当然非常重要，但是如果你能够觉察自己的感受，也能适当共情到他人的感受，又可以驾驭自己的这种共情能力，不至于变为滥情，不会为其所伤，那么这对你的生活，对你处理婚姻关系、亲子关系、朋友关系等，都会有极大的帮助。

## 90 共情能力在生活中的作用

说到共情能力，我们既然把它叫作“能力”，就有天赋的差异，这是没办法的事，有的人天生共情能力强，有的人比较弱一些。只不过，这种能力一向不被视为一种能力来看待。这几年心理学有所发展，共情能力变成了一种很重要的能力了，其实从事心理学工作的人共情能力也有高有低，有的人不适合做个案咨询，更适合去做研究。

人和人之间的沟通不仅仅是靠语言，而是全息的，比如眼神、小动作、气味，甚至一些我们叫作气场的东西，还有一些我们说不清楚的信息。

现在心理学很普及，“共情能力”四个字更是经常被挂在嘴边，但有多少人真的明白共情能力是用心去感受心呢？人们常常自认为在与别人共情，实际上可能振振有词地给对方讲了一堆大道理，把对方讲得火冒三丈，自己还委屈。我们在日常生活中，夫妻之间、父母子女之间、朋友之间、上级和下属之间常常有一对一的关系，那些共情能力特别差的人，别说主动去感受自己的孩子、妻子或者丈夫的情绪了，就算是感受自己和表达自己的情绪都很困难。如果关系中的两个人都是这样，彼此看不到对方的情绪，那么最后就会演变成表面上在争论是非对错，实际行为则是彼此疯狂地往对方伤口上撒盐，十分伤害感情地争吵和攻击。这个时候，如果大家都能有基本的共情能力，沟通起来可能就会容易许多，或者至少可以等情绪平复之后再沟通。

如果一个人有非常高的智商，理性逻辑思维高度发达，自控能力非常强，但是共情能力却为零，那会怎么样呢？许多高智商罪犯就是这样的人。他们只能感受到自己的情绪，只知道自己内心是怎样地愤怒、痛苦、不幸，对他人的情感，尤其是对弱者，没有一点儿同情心和同理心，他们没有那个能力。对于这样的人，不要指望他们被抓到之后会为自己犯下的罪行后悔，他们只会为自己被抓到而后悔。大家还记得福柯的话吗？“疯癫是一种理性。”有理性不等于人的情绪情感世界不会出问题。我们有时候看到新闻，某某名牌大学的高才生犯罪，感觉不可思议，觉得读书人都是知书达理的，怎么会干出这种事来呢。其实一个人的共情能力、有没有同情心，和他读不读书，是硕士还是博士，在哪个学校上大学，没有完全的关系。

一个没有共情能力的人要真正看到别人的情绪都很难，更别说真正地去接纳和包容别人的情绪了。这也是为什么在现实生活中有些人看上去好像很宽容，你却总觉得他冷冰冰的，因为他用理性隔绝了自己的情绪，也不去理会他人的情绪。即使在亲密关系中，他也很难和亲人建立真正的情感上的联结。只有那些真正认识自己的人，才是能够接纳和允许自己情绪的成熟的人，他也一定可以看到别人的情绪，这有利于他处理好个人宇宙中以他为中心的各种关系。这些关系不是完美的关系，这世界上也并没有什么完美的关系，但那可能是一些相对健康的、良性的关系，这关系反过来也会对这个人起作用，让他的身心相对更健康一些。

我们需要亲人、爱人、孩子、朋友，哪怕是猫猫狗狗，也是你和这世界联结的一种方式，因此人和人之间的关系是很重要的。一个人在社会上能够得到一定的社会支持是很重要的。

个体是有残缺的，我们需要他人，这并不丢人。认识自己，锻炼自己的共情能力，不是为了达到某种道德上的优越感，而是为了让我们可以在生活中更好地处理自己的关系，在人世间有根，不至于活得太飘。

## 91 你是你自己最重要的人

也许有一天，当你真正能够开始认识自己的时候，也许就能体会到一些来之不易的幸福感。没错，我们内心的幸福，在很大程度上依赖各种社会因素和客观条件，有钱是好的，有稳定的工作是好的，和美的亲密关系是好的，这些都是好的，但是我们不要无限地依赖它们带给我们的幸福感，不要让社会对我们的承认成为幸福感的唯一来源。你首先要有相对健康的心灵，才有可能真正享受这些幸福。我们还有我们的心灵，我们的内心深处有神明。

这本书只讲了认知自我的一些基础原理，但我个人认为它非常重要。认知自我是一个漫长的过程，我们可能需要用一生去完成这个功课，去了解自己，学会真正地接纳自己。它和这世界上所有你要做的事情一样，是个循序渐进的过程，需要付出耐心、谦逊和敬畏的态度。有的人没打好基础，不会走就想飞，试图走捷径，其实是非常危险的，特别容易走火入魔。

我们每个人都是社会的一分子，只要在这个社会生活一天，就不可避免被环境影响。荣格的这篇文章为我们梳理了作为个体的人和集体的关系，以及我们和高于二者的宇宙之间的关系。当然了，虽然讲得已经如此复杂，但也只能算是最初级的认知。但愿大家能够有所收获，从新的视角去看自己，去看世界和看社会，从而能充分地理解个体生活在社会中那种又想与社会相融合，又受到社会压抑的两难处境，理解主流群众观念忽视个体差异，给我们个人设置了规定目标和理想，变成了个体痛苦的一个很重要的来源。我们只有先认清自己，才知道自己真正想要的是什么，才能有分清个体自我和群众观念的界限感，从而找到那个满足自我的真正需要和与社会相融合之间的平衡点，在不违反自己天性同时适应社会的两难中寻找问题的答案。

不要一味地在外部寻找人生的答案，答案可能就在你自己身上。一个人如果能够真正地认识自己，他一定也可以认识社会，认识宇宙，一定可以建立真正的信仰，完善自己的认知体系。荣格说，他写下这篇文章的目的是希望大家能够认识到自己是多么重要，你是你自己最重要的人。人是一个无限小的单元，但是就连神也要在个体身上寻求自己的目标。当你能认识自我，最终实现你自己、成就自己的时候，你就是神在这个世间实现的一个奇迹。

**图书在版编目(CIP)数据**

我想要不卑不亢地面对这世界 / 水木丁著. -- 广州：花城出版社，2020.6

ISBN 978-7-5360-9134-4

Ⅰ. ①我… Ⅱ. ①水… Ⅲ. ①散文集－中国－当代 Ⅳ. ①I267

中国版本图书馆CIP数据核字（2020）第034365号

出 版 人：肖延兵
策　　划：杨晓燕
责任编辑：揭莉琳　林　菁　刘玮婷　罗敏月
特邀编辑：唐琳娜
封面设计：王　斑
技术编辑：薛伟民　林佳莹
封面图片：EIKO OJALA（爱沙尼亚）

---

书　　名　我想要不卑不亢地面对这世界
　　　　　WO XIANGYAO BUBEIBUKANG DE MIANDUI ZHE SHIJIE
出　　版　花城出版社
　　　　　（广州市环市东路水荫路 11 号）
发　　行　新经典发行有限公司
经　　销　全国新华书店
印　　刷　北京中科印刷有限公司
开　　本　850 毫米 × 1168 毫米　32 开
印　　张　7.5
字　　数　142,000 字
版　　次　2020 年 6 月第 1 版　2020 年 6 月第 1 次印刷
定　　价　49.00 元

---